Vita mia

Dacia Maraini

わたしの人生

ダーチャ・マライーニ

望月紀子 訳

わたしの人生

VITA MIA
by
Dacia Maraini

Photograph by Fosco Maraini / Maraini Family Private Archive
Design by Shinchosha Book Design Division

そこなわれたわたしの人生
あなたはわたしを苦しめた
わたしに傷を負わせた
そしていま立ち去ろうとしている
挨拶もなく、一歩まえに出ては
また一歩もどる、わたしの人生
あなたは踊る、そして歌う
過去の瓦礫のうえで……
でも行ってしまうまえに
あなたを理解させて
あなたを思い描かせて
あなたを抱きしめさせて
あなたのことを話させて。

わたしは、日本と日本の強制収容所について、まちがいなくわたしよりすぐれた書き手である両親と妹に感謝しなくてはならない。わたしにとってこの苦しいテーマに直面するのは大変つらいことだった。それについていくつかの本で触れはしたけれど、収容されていた日々のことやその日々が自分の人生にどんな痕跡を残したか、それにじっくり向きあったことはなかった。いまわたしは、他の多くの元収容者の人たちと共有しているのがわかっている羞恥心や内気さを克服して、それに向きあわなくてはならないと感じている。

一方で、ひとは忘れられないことを忘れたいと思ってしまうようだ、とくにその記憶にたいする苛立ちや徒労感、腹立たしく屈辱的だと思う感情が現に身体をめぐり広がっていると感じるときに。

収容所での恐ろしい経験など話さないで心の片隅に閉じこめておくほうがいいよ、秘密を守ろうとする本能がこうささやく。それでももうひとつの声、あまり説得力はないけれどもっと執拗な声が、話してと急きたてる。話して、思い出して、証言してと。

サロー共和国〔罷免されたムッソリーニがガルダ湖畔に樹立したドイツの傀儡政府〕への忠誠宣誓を拒否する選択をしたとき、両親はむろん大人の自覚にもとづく展望をもっていた。わたしが語ることができるのは、つねに生死の境にあったあの困難な体験をどのように生きのびたか、それがわたしの考え方、行動のし方にどのように影響したか、それだけだ。

母は監禁の最初の一年間、日記をつけて、直接の体験を書いた。京都から持っていって、使えるだけ使った一本の鉛筆と、最後の一ページまで書きつづけたボロボロのノート。その後、鉛筆もノートも尽きたとき、書くのをやめた。でもそれは自分でノートに記しているように、「衰弱、飢え、目まい、目の前に小さな黒い点々が見えて、縫い物や記録などのささやかな気晴らしもできなくなった」からでもあった。

父は『随筆日本――イタリア人の見た昭和の日本』や『家、愛、宇宙』など、いくつかの著書で、母の小さなノートをふんだんに引用して、その体験を語っている。

妹のトーニは『トパーツィア・アッリアータの芸術と監禁の記録』という心打つ本をセッレリオ社から出した。母の日本での日記と、戦後五〇年たってまだ健在だった母への長いインタビューを組み合わせたものだ。さらに歴史上の時代考証とわたしたち一家の収容所生活という共通の体験についての深い考察も加えている。トーニは一家の歴史家であり、つねに正確で几帳面で、誠実で、歴史上の事実に通じており、この先、わたしも参考にさせてもらうだろう。

1

すべては、静まりかえった自動車のなかで母の腕に抱かれ、曇ったガラス窓のむこうを街灯が流れ去るのを見るともなく見ていたあの朝に始まった。光、闇、光、闇。見ひらかれたわたしの目の前でくりひろげられる世界、それは静かで力強いリズムをもっていた。なにか不安なままにその光と闇のくり返しに身をゆだねていると、母の身体のにおいがしてきた。スズランとハッカの香りのする日本の石鹼のにおい。なじんだ肉体のぬくもりを感じながら、目は、世界はきっといつもこうなのだろうと思う絵を描いていた。光と闇のあいだをすばやく過ぎてゆく世界。その後わたしは、それはあまりに早かったけれど、闇のほうが光よりも強力で、わたしを執拗な闇のなかの囚われ人にしてしまえることを身をもって知ったのだった。

何年もたってからようやく、両親の話を聞いて、あの日のさまざまな瞬間の関連がわかった。わたしたちは日本にいたのだ。わたしは七歳になろうとしていた。わたしたちは日本文化というあの複雑に絡みあう有機体に幸福に組みこまれていた。わたしは京都弁を不自由なく話し、父は日本の大学の教壇に立ち、母は学生たちの反戦集会に参加していた。夢は平和だった。戦争はやがて終わって、わたしたちはイタリアに帰るのだろうと考えられていた。

父は長らく引きはなされ、愛情にみちあふれながらも切迫した手紙をやりとりしていた母親、不屈の女性ヨーイに一刻もはやく会いたがっていた。母は、わたしたちの祖父である父親のエンリーコを抱きしめるのが夢だった。そしてわたしたちは、戦争がまだ二年もつづき、日本に、広島と長崎の気の毒な人たちに、父フォスコ、母トパーツィア、フィレンツェ生まれのダーチャと二歳ちがいで外国の地で生まれたユキとトーニの三人娘から成る小さな家族に、最悪のことが起こることなど知るよしもなかった。

トーニことアントネッラはキク（菊）と名づけられるはずだったのに、駐日イタリア当局は、東京生まれにもかかわらずイタリア人の娘に外国名をつけることを許さなかった。ユキもイタリア政府の要請でルイーザと登録されたが、寒い北海道の雪の札幌で生まれたので、わたしたちはユキちゃんと呼びつづけた。そのころはだれも、少し悲し気な目をしたこの金髪のやさしい女の子が骨の病気で若くして旅立ってしまうとは想像もしなかった。

一九四三年九月八日〔イタリアと連合軍との休戦協定公表〕の数日後に両親は日本の警察に呼ばれた。タクシーで出向いた。なにか社会的、政治的説教でもくらうのかと思った。ところがわたしは黒い上っ張りを着た白髪の女性職員にあずけられ、フォスコとトパーツィアはそれぞれ別室に入れられて、日本がナチ・ドイツ、ファシスト・イタリアと締結したばかりの協定をめぐる選択を問われた。サローー共和国を支持するならナチ・ファシスト政府への忠誠を誓わなくてはならない。いずれの側につくか即答せよということだった。宣誓して署名しなければ祖国にたいする裏切り者として強制収容所へ送られるという。両親は、それぞれの思想に忠実に、相談しあうこともなく、署名拒否を選んだ。

のちに母はわたしに、ふたりともべつべつに決心したのだとくり返し言った。自分が夫に誘導されて決断したのではなく、自分の意志で決めたことを知ってもらいたかったのだ。政治的な選択ではなかった、ふたりともファシスト党の党員証はもっていなかったけれども。彼らに共通していることがひとつあった、人種的偏見の拒否である。

このことは人類学者の父についてなら理解できるとしても、バゲリーア育ちの公爵の娘となるとそうはいかないだろう。だが祖父エンリーコ・アッリアータを少しでも知れば、人生と真実を愛する金髪少女の無政府主義思想がどこに由来するかがわかる。祖父エンリーコは貴族社会など意に介さない貴族で、農夫たちといっしょにぶどう畑ではたらき、哲学書と歴史書を愛読し、トルストイやタキトゥス、プラトンを読み、クリシュナムルティ〔インドの宗教哲学者、思想家。一八九五—一九八六〕の平和と知的自由をめぐる思想に通じていたから、一九三〇年代当時に起こっていたことを深く憂慮していた。要するに、不安な意識をかかえつつ、なにか明確なイデオロギーに賛同するのではないが、民主的な生き方について的確な思想を表明していた人だった。

とても丁重だった警官たちは、両親が署名を拒否したとたんに無礼で高圧的になった。彼らは国家主義のイデオロギーに染まり、保守的で権威的な国家観を振りかざした。とくに母にたいして非礼だった。彼らの予想では母は後悔の涙にくれ、母性愛を表明し、へりくだって自分と娘たちへの憐れみを乞うはずだった。ところが目の前にいるのは、誇り高く決然として、思想の自由を要求する女だった。テロリストの思想ではなく、明らかに、政治的社会的横暴にたいする抵抗、市民の思想と権利の無視にたいする抵抗の側に立つ思想だ。

「わかってますか、あなたがたを祖国の裏切り者として強制収容所に送らざるをえなくなるんですよ」

母はいくつかの疑問にとらわれたが、うなずいた。

「それで子どもさんたちはどうしてほしいですか？」。警官が執拗にせまる。

「イタリアの祖父母のもとに帰してくれると保証できますか？」

「そんなことは論外だ」

「それなら世話をしてくれる友人のいるスイス領事館にあずけてくれますか？」

「奥さん、いま戦争中なんですよ、せいぜい国内の孤児院に託すぐらいです」

「それはだめです、いっしょにつれてゆきます」

母は娘時代から鉄の女で、ぎりぎりまで自分の権利を守ろうとする。警官たちの愚鈍さにたいして、家族一体を選んだ。そしてそれはわたしたちの命拾いとなった。わたしたちが収容されるはずだった孤児院は爆撃されて子どもたちはみな死んだのだ。むろんこのことは戦後に知った。わたしたち姉妹は収容所に入れられ、死ぬかとも思われたけれど、ついには生き抜いたのであり、これは自由を愛する若いシチーリア女の直感と一徹さのおかげだ。爆撃されて死んだたくさんの無垢な子どもたちにたいする悲しみはつきない。だが戦争とは残酷であり、今の時代の戦争は軍人よりも一般市民を襲うのだ。

2

三週間もの自宅監禁。外出できない。玄関の前に監視の警官がひとりいた。とてもやさしい乳母の森岡さんだけが外に出てなにか食べものを買うことが許され、もどるといっしょに家に閉じこもった。彼女は裏切り者にたいしてとるべき侮蔑的な態度をとらないというので警官に睨まれていた。でも彼女はわたしたちを知っており、わたしたちがなにも裏切っておらず、とくにその野卑で暴力的な人種偏見ゆえに最初から好きでなかった、威嚇的で反自由の体制を拒否しているだけだということを理解していた。オカアチャン（小さなママ、わたしたちは森岡さんをそう呼んでいた）はわたしたちをかわいがり、家にいながらのこの最初の牢獄から気を紛らわせようと、明るく世話をしてくれた。

オカアチャンについてひと言。笑顔をたやさず、おおらかなこの第二の母は、わたしたちが日本にいた最後の日まで付き添い、六〇年代には貯金をはたいてイタリアまで会いに来てくれた。すばらしい日本の昔話をしてくれ、禁を犯して天白（てんぱく）の収容所まで来てくれたのに警官たちにひどい扱いを受け、食べものをつつんだフロシキごと没収されて、押し帰された。

彼女はなんとたくさんの昔話や民謡や子守歌、なんとたくさんの単調な日本語のわらべ歌を教えてくれたことだろう！「ハルガキタ、ハルガキタ、ドコニキタ」とくり返し歌ってくれた。それはいまでも耳に残っている。音楽ほど脳に記憶を刻みつけるものはなく、軽くゆらめく過去の重みをとめる画鋲のようなものだ。それでもその画鋲はときには釘よりももちこたえる。「ハルガキタ」を歌うとすぐにオカアチャンの笑顔が思い出される。ちょっと兎のような出っ歯を見せ、切れ長で、まぶたがふくらんでいるせいでほとんど閉じているような目の奥にコールタールのように真っ黒に光る慈愛にみちた瞳がかくれていた。彼女のタビ（昔の日本の木製の履きものであるゲタをはくため、親指のはなれた白いソックス）を思い出す。その丈夫な木綿のタビを彼女は毎日洗って、窓の外に出して洗濯ばさみでとめていた。

オカアチャンの夫はとてもハンサムで親切で愛想がよく、わたしたちはオジジと呼んでいた。むっつり顔で命令したがる日本人男性のようなところはなにもなく、妻を迎えにくると、四つん這いになって馬やロバになってわたしたちと遊んでくれた。彼は広島の要塞に駐屯兵として派遣され、原子爆弾が落とされたときに警護についていた。それでも彼は生きのびた、爆風と炎で排水路に吹き飛ばされたおかげだった。

彼の話。「ちょっとばかりの飯とツケモノを食べていたら、目もくらむような閃光が走った……その直後にすさまじい爆音がして、もっていた茶碗が飛んでいって粉々に壊れ、驚いて見上げていると、自分も、未曾有の、まるで天に引っぱり上げる綱のような力で引き上げられる感じがし、着ているものが膨らんだかと思うと燃えだして、ぼくは飛んでいた。そのあと気を失った。気がつくと、沼のようなもののなかに浸かっていた。その泥水が身体についていた火を消してくれて、ぼくは命拾いをした」。だが家に帰りついたときは満身創痍で、原爆症に苦しみ、二二年後に死んだ。

タビを繕っているオカアチャンのほっそりした背中と小さな手が思い出される。台所でも、長いキモノに邪魔されながらも、きびきびと優雅に動いていた。つきっきりで見ていなくてもご飯を炊けるし、ツケモノを昔ふうに巧みに切りそろえたり、父の好みで、魚を外はカリカリ、なかはふっくらと揚げたり、すばやくオモチを用意したりとなんでもできた。オモチはご飯をこねて小さく四角に切ったもので、乾いて固くなっても焼くとやわらかくふくらんで、砂糖をいれたショウユをつけて食べる。つまり森岡さんはわたしたちの大好きな第二のママで、彼女がわたしたちを忘れたことがないように、わたしたちも彼女を忘れたことがない。

自宅監禁の初日、わたしはもってゆくことが許された三個のトランクの準備をする母を見ていた。指は衣類に触れながらてきぱきとすばやく動いていたけれど、自分に問いかけるようにその手がとまるのが目についた。どこにつれていかれるのだろう？　日本のどの地方に？　寒いのかしら、暖かいのかしら？

香りが母にとってどんなに大切かを知っているので、わたしはレモングラスの葉をもっていって、「ママー、かいでみて。ほっとするから」と言った。どんなかすかなにおいでも嗅ぎとることのできる母の鼻をわたしも受けついでいる。ゴーゴリの語る、ひとりでサンクト・ペテルブルクのネヴァ川沿いの歩道を散歩する鼻にそっくり。そしてその鼻はとても自立していて、それをよく知っている持主のコヴァリョフ八等官も悩ませられるのだ。

「ママー、いいにおいよ」と母をうながした。すると母はにおいを嗅いで、ありがとうと言ったけれど、わたしはまるでサーベルで切られたみたいに彼女の額を二分している、心痛からくる皺がそれで消えないことはわかっていた。

わたしは母のことを、母が自分の母親をスペイン風にそう呼んでいたようにママーと呼んでいた。祖母ソーニアは実はチリ人で、六〇年以上もイタリアで暮らしているのに、スペイン風のおかしなイタリア語を話し、犬のことはペロ、男の赤ん坊はニーニョ、食事はコミダと言っていた。

祖母の声は甘くて力強く、望みどおりに舞台で歌っても成功しただろう。スカーラ座の学校で声楽を学び、すらりとした美人で、大きな目は強い光をはなち、動きは猫のように優雅だった。生まれついての女優で、『椿姫』のヴィオレッタでも、ドルイド教の巫女ノルマの役でも舞台で完璧に果たせただろう。だが当時は良家の若い娘が劇場で歌うのは良俗に反することだった。板の上で、掛け布や絵に描いた背景のあいだで動きまわっていいのは娼婦だけだった。カトリック教会が娼婦たちを性的に乱雑だから異端だ、危険だとみなし、聖なる土地の外に、つまり城壁の外に埋葬させた時代だった。

美人のソーニアはいくつかの慈善パーティで歌うことだけが許された。だがこれが生涯克服できない欲求不満を育ませることとなった。夫にたいして大立ちまわりを演じ、地団駄踏んではあたりかまわずわめき散らした。

「公爵夫人がオペラをなさっとる」と、当時の風習で、ずっとほとんど家族同然に暮らしていた老いた乳母のカルメリーナが言ったものだ。祖母ソーニアは二度とチリにはもどらなかったが、イギリスの男爵と結婚してロンドン近郊の田園で暮らしていた妹のオリビアとは連絡をとりあっていた。この妹は単調な主婦生活に満足していたけれど、奇妙な死に方をした。夫が七〇歳でガス自殺をし、そのガスの毒があっという間に自分が休んでいる上の階まで到達するとは思いもせず、そのまま、望まずして夫に殺されたのだ。

トパーツィアは、この外向的で感情をコントロールできず、火山のごとく爆発し、娘たちにやさしくしているかと思うとこれという理由もなく態度を硬化させ、励ましているかと思うとせせら笑う母親とあまりそりがあわなかった。

代わりに父親である祖父エンリーコとは幸福な深い絆でむすばれていた。祖父は当時としては独創的で一風変わった人だった。おそらく祖父がもっとも愛し、理想としたのがレフ・トルストイで、その小説をよく読み、そのはたらき者の実生活を、人間や動物にたいする慈愛にみちたキリスト教の博愛主義を愛した。エンリーコは動物を殺してその肉を食べることを拒否し、フラッコーヴィオ社からベジタリアン料理の本を出しており、それはいまもシチーリアで再版をくり返している。彼の動物観にはブッダの説法への深い理解もある。彼と同じように、トパーツィアも自然と動物を愛し、忍耐強くて寛容だ。だが母親の大立ちまわりにたいする嫌悪から、美しい声の持主なのにけっして歌をうたわず、祖母ソーニアは家族に自分の欲求不満のつけを払わせていたと非難した。

幼いダーチャは、裏切りという重い罪を負わせられて外国で収容所生活を送らなくてはならないすさまじい苦しみを、新鮮でさわやかな香りがやわらげてくれるらしいということをいったいどこでおぼえたのだろう。日本の文学から吸収したのだろうか？　まだ古典作品は読んでいなかったけれど、日本の文化が人びとの生活と自然との関係をとてもよく表現しているのを知っていた。木と紙でできている日本の住宅のことを考えるだけでいい。その家には壁を取りかこむ帯状のベランダがあり、このつやつやした帯の上でもっとも大事な儀式が行われる。ベランダにすわって日の出や夕陽を眺め、月をめぐる詩をつくり、繊細な味の緑茶の用意をし、死者にささげる古謡をうたうのだ。

死者はわたしたち子どもにとって、眠れない夜にあらわれて怖がらせる亡霊ではなく、よく家に出入りする日常的な存在で、生きている者たちに役立つ助言を与え、もっとも弱い者たちを守ってくれるのだ。日本の家ではどこでも、何世紀もまえから、家の一隅に小さな祭壇をしつらえて、炊きたてのご飯に小魚の干物、海藻、ツケモノ、ご飯をこねて小豆のクリームをいれたお菓子などを国と家族の運命を心にかけてくれる亡き先祖に供える。そこに祀(まつ)られているのは神道の神々で、そのトップの最大の神はアマテラスという女神だ。わたしたちが知っている現代の顕著な女性蔑視の日本がその道しるべとして太陽の女神をもっているとは不思議なことだ。だがそれはわたしたちの国でも同じで、古代の宗教は生命と子孫を存続させる者としての女性の聖性に結びつき、女性は最初に認められた天の力と考えられていた。その後、日本では、仏教と、とくに儒教の到来によって、物事を決定する力は母性から父性に移行した。

ヨーロッパではプルーストだけが、むろん嗅覚だけでなく味覚でもある香りを介しての記憶の道をひらいた。わたしたち、小さな日本人姉妹は花や植物、お茶の葉などに結びついた香りを区別する多くのことばを使いこなすことができた。樹木や星々、花々、月などとの官能的で詩的な関係を基盤とするハイクをいくつか暗唱した。時を縮めて宙づりにした短い構成のうちに、一枚の落ち葉、三日月、池に飛びこむ蛙などが、ことばがびっしりつまった長編小説以上に強く生命の神秘を語る繊細で謎めいた絵を想起させるのだ。

わたしはまた、毎年その花が咲くと、国じゅうを薄紅色に染め、ほのかに甘い香りでつつんで、お祭り行事となり、詩や和歌にうたわれる桜の花の神話めいた重要性も記憶している。それからまた、ある日本のすばらしい小説を読んで、桜の花には春の到来と早世の意味がふくまれ、国家主義的な図像学でカミカゼのシンボルとなっていることも知った。春の花のような若者たちが意気揚々と死に向かってゆき、青春の真っ盛りに薄紅色の魔の花の花びらのように散っていった。多くの写真のなかに、彼らが敵に向かって激突させる小型機に描かれた桜の花とともに祖国のためにみずから死にゆく若者たちの姿がある。

ともあれ死は、わたしたちのような子どもの頭のなかでは、西洋のそれのようにドラマティックなものではなかった。日本では、生命の終わりというささいな不幸なできごとのあとすぐに、輪廻とよぶあの奇跡によって、別の生が始まることをだれでも知っている。つまり、死は決して決定的なことではなくて、ひとつの生からもうひとつの生への一行程、ひとつの移行なのだ。

この神話は他の伝統的な慣習と同じように、古来の伝統を保持しようとする根強さにもかかわらず、消えてゆく世界に属している。マクドナルド、コンクリートとガラスでできたビル、自動車だらけの道路がすでに、慈しみつつ保たれていた、馥郁とした香りと味わいにみちた繊細で礼儀正しかったあの世界の多くにとって代わっている。驚嘆すべき作家の谷崎潤一郎が書いた、遠い昔にあった不思議な物語を思い出す。恋する男が朝早く、愛する女の排泄物のはいった赤と金の塗り物の箱のなかのものを空けに外に出る。

途中で、がまんしきれなくなって箱をあけ、目をなかば閉じて、出てくるにおいを嗅いだ。それはわたしたちが蓋つきのおまるのようなものから出てくると想像する不快な臭いではなく、彼の鼻腔にとどいたのは、なにやらとても貴重でいとおしい、彼女の肉体の繊細で深遠なにおいだった。谷崎は豊饒でかがやかしい日本人作家のひとりで、わたしは読むたびに感情的に惹きこまれてしまう。細部に注意を凝らし、心理分析は透徹し、人間精神のもっとも恥知らずな矛盾の甘さに魅せられた作家だけれど、女性を道徳家の目で断ずるのではなく、感覚のあらゆる欠点やその支離滅裂な秘密もふくめて、感覚の真の友人として愛情あふれる大らかさで観察するのだ。

3

「一〇月末のある日」と父は書いている。「朝八時、家の前庭でものものしい足音がした。とりつくしまのない制服姿の男を六、七人引きつれた、京都府警外事課課長補佐のイワミ氏だった」

イワミとその同行者たちは客間に腰をおろし、丁重に、礼儀正しく対した。「ブラームスはお好きですか?」。警官はフォスコに訊いた。むろんブラームスは知っているし好きだと答えた。だがそう答えながら少し当惑していた。この警官たちは何をしにこの家に来たのか? それになぜ音楽の話なんかするのか? 「きっとベートーヴェンもご存じでしょう、第七交響曲は?」。平然とつづける。父は適当に答えながらも唖然としていた、これみよがしの音楽談義の真意がわからない。七人も、ピカピカの制服に身をかためてベートーヴェンやブラームスの話をしに来たのか?

そのうちに乳母が台所から緑茶をついだ茶碗と米粉と小豆のクリームでできた日本のモチガシを運んできた。警官たちはお盆のお茶をすっかり空にし、モチガシを食べた。

ついに、課長補佐が、部下が全員お茶とモチガシを終えるのを待って、フォスコが自伝に書いているように、言った。「彼は、パッというのではなく重々しく立ち上がると、厳しい口調でこう言った、『立て、裏切り者ども!』」。そして日本語の言語上の序列を心得ているフォスコは、あっというまに警官が丁寧語の《アナタ》から目下の者に使う《キミ》に代えたことに気づいた。「いまからきみたちはもはやきみたちの国の大使館に属していない(日本人にとって外国人はつねにその大使館に属するのだった)、われわれがきみたちの政府を認めないからだ。この先きみたちは大日本帝国政府に属することになる。きみたちはわれわれからのみ命令を受けるのだ。子どもたちと最小限の荷物とともに出発する用意をするように」。そう言うと彼は、同行した警官たちに振り向いて命じた。「きみたちはここに残って、監視しろ。敵国人だからな」(一〇月一三日にバドッリオ政府がドイツに宣戦布告をしたため〕」

フォスコは先見の明があって、六年間の日本滞在中に買い集め、勉強した多くの貴重な本や原稿、写真、アイヌ関係の資料をすばやくかき集めてすべてをいくつかの木箱におさめ、それを友人のジャン・ポール・ルクレールに託した。彼はフランス大使館につとめており、それらを大使館の地下室に隠してくれた。信じられないことに、とフォスコは語る。「二年たち、首都は絨毯爆撃を受け、広島、長崎は原爆で灰燼に帰し、ヒロヒトが史上はじめて肉声を発して自分の帝国の敗戦を告げ、マッカーサーが征服者として日本本土に上陸し、世界が、洋の東西を問わず、ひっくり返ってしまった。それなのに一九四五年一〇月、本や書類、民俗学関係の物などを入れた木箱はそっくりそのまま残っていた。だれひとりそれに気づかなかったのだ。あとは小型トラックを借りて運び出すだけだった」

実際、それらはわたしたちが収容所に行くまえの京都の家から持ち出せた唯一の財産だった。


一九四三年、マライーニ一家は処罰対象の危険な異端者一家となった。子どもたちも？　子どもたちもだ、というのが答えだった。裏切り者の娘たちは裏切り者として扱われなければならないのだ。出発しなければならないことはわかっていた、でもどこへ？　そしていつ？　当分は自宅監禁だった。通信はことごとく禁止されて、強制収容所に送られるとイタリアの身内に手紙を書くこともできなかった。母はもってゆける一個だけのトランクに何を詰めたらよいか、頭をかかえた。あとの二個はあとで着くと言われたけれど、いつ着くのだろう？　祖父のトランクはとても大きかったけれど、必要になりそうなものがぜんぶ収まるわけではない。セーターは？　毛布は？　靴は？　シーツは？　下着や食料より本ですって？　いったいどのくらい収容所にいるの？　このときも直感が母を助けた。服のかわりにシーツを詰め、のちにそれで収容所の警官たちのためにシャツを仕立てて、玉ねぎ一個とかじゃがいも一個、蕪（かぶ）一個、大嫌いだけれど愛すべき大根などと交換したのだ。大根はひどくまずかったけれど、ビタミンを含んでいるから呑みこまなくてはならなかった。あとから着くと約束されたほかのトランクに母は頭をひねって、おもちゃや本、冬の服などを入れてくれたが、二個とも最後まで着かなかった。

大根は蕪のようなものだ。白く長くて刺すようなにおいがする。ツケモノにするととてもおいしいけれど、茹でたり生で食べたりするとひどくまずい。いまでも思い出すが、あるときそれが一本、トラックから落ちて有刺鉄線の下に転がっているのが見つかった。茹でて神妙に五等分した。わたしはすわって、欠けた小皿からその端っこがまるでねずみの尻尾のようにはみ出ているのを目の前にしていた。それが空っぽでチクチクする胃に入れるためにあるただひとつのものだから呑みこまなくてはならないことはわかっていた。その臭いがいやだった。指でつまんで、ほとんど嚙みもしないで呑みこみながら、ポロポロ涙を流していたことをおぼえている。

でもこれはのちの話だ。京都から名古屋へ出発したときにもどろう。一九四三年のあのおだやかな一〇月のある日、迎えのトラックが来た。彼らはわたしたち、フォスコとトパーツィア、そしてセーター三枚にシャツ二枚、カーディガン二枚にコートを着こみ、軽い靴をはいてもう一足の靴を、たくさん着こんで前が閉まらなくなったコートのポケットにそっと隠した娘三人をトラックに乗せた。そのときも母の予感が当たった、だれも冬用の靴をくれず、寒くなったとき、もっていきたかったお人形やノートを諦めてポケットにしのばせた分厚いソックスと頑丈な靴をはけたから。二年間も収容されるとは思ってもいなかった。でもトップことトパーツィアは用意周到で、とりわけ明敏で実際的な理性の持主だった。いつもいかに危険に対処したらよいかわかる。パニックに陥ることがなかった。何をすべきかをすぐに理解して、困難と犠牲に直面してはなすべきことをなしとげる。

　母の的確な行動力を物語るエピソードがある。戦後数年たったシチーリアで母の友人たちとチェファルーでボート遊びをしていたときのできごとだ。ボートが少し狭くて、わたしをふくめた多くの者が、船べりにすわって木製の縁を手でおさえていた。海はおだやかで、水は澄んで深くまで見え、太陽の光がかがやく剣のようにそれを切り裂いていた。愚かな友人の男性がアフリカチヌを捕るために海に飛びこもうとかまえ、装塡した水中銃を両手で握りしめて空に向け、ボートの真ん中で踏んばっていた。

　うかつな彼はその姿勢が危険だとは考えもしなかったのだ。そこへモーターボートが一隻、こちらに近づいてきて、大波ではないものの執拗な波が生じ、わたしたちのボートが跳ね上がった。愚かな友人は引き金を引いてしまい、銃の銛（もり）が空高く放たれた。だが水中銃の銛はみなそうだが、彼のそれにも細い紐がついていて、獲物に到達すると同時に、放たれたときの力でもどるようになっている。こうしてその銛も、空に向かって発射され、紐が最大限伸びきったところで、わたしの頭にまっすぐ落下してきた。

母はわたしが銛に射抜かれてあわれなアフリカチヌのように死んでいるのが見えたと言う。とっさにわたしをつき飛ばそうとし、実際にわたしの頭はうまくずれて、銛は船べりにもたれていた腕を直撃した。叫び声、わいわい、おろおろの大さわぎになった。だれも水中銃の銛が刺さった女の子をどう助けたらよいのかわからない。なかでもうろたえていたのが銃の持主で、だれよりも頭が混乱してしまっていた。母は、的確に動いてわたしの腕をつかむと、銛の機能がどうなっているかを調べ、魚をひっかけるのに使う小さな動く舌のようなものがあるのに気づいて、さっとそれをひっくり返して銛をはずした。わたしは少しばかり肉が傷ついたけれど、そのいまいましい銛から放たれた。

幸い、銛は静脈にたっしていなかった。運がよかった、というのも、わたしはたとえば採血が必要なときには運が悪く、血管が危険を感じた鰻(うなぎ)のように逃げまわって、見えなくなってしまうのだ。血液検査が必要なそのたびに医師は汗をかきかき何度も探し、針を刺してはまたやりなおし、巧みに隠れている血管を探り当てようとする。

傷が治るまでの一か月間、わたしは腕を吊るしていた。愚かな友人はわたしに謝り、わたしが一八歳になったら傷跡がすっかり隠れる金のブレスレットをあげると約束した。むろん約束は果たされなかった。風とともに去りぬの約束。だがこの事件のあと母は、当然だけれど、彼とつきあうことをやめた。

やっかいなのは、錆びた銛のせいで破傷風になるかもしれないからと注射をされ、ほぼ三週間もひどい蕁麻疹（じんましん）に悩まされたことだ。全身に水疱ができて、カラス麦のお風呂に入れられた。掻くとそのひりひりする水疱がますますかゆくなるので掻いてはならず、抗ヒスタミン薬を飲むと、こんどは眠ってばかりいた。眠っているか、掻きたいという絶望的な誘惑かだ。母は脚や背中にとてもよく効く鎮静剤を塗ってくれたが、それは生ぐさい臭いがした。魚のように水中銃で撃たれて、健康な身体にもどるために鱈（たら）の脂が原料の薬を塗らなくてはならないとは。すべてが意地悪な昔話を思わせた。それでもわたしは魔法をかけられたわけではなかった。生きたいという思いがすべての苦しみ、すべての不自由、すべての苛立ちにうち勝った。海はわたしの友だちだ、日本の農村で過ごした歳月のあとに海を知ったわたしには、手をひろげて迎えてくれる、おおらかな母親のように思われた。

高い波のあいだに飛びこんで、息をとめて岩のあいだに潜ってウニを採った。自分が、ぐらぐらしているシチーリア島を頑強な腕で支えているという伝説のヒーロー、コラペッシェだと想像するのが楽しかったから。でもわたしは女の子だ、女の子はぐらぐらする島を支えたりなんかできない、女の子はやさしくて弱いのだから守られ、人の言うことを聞かなくてはならないのだから、絶対にコラペッシェになれない、それはわかっていた。せいぜいアフリカチヌになるぐらいだ。結局、あの事故のあと、わたしは母の友人たちとの水中銃での釣りには参加しなかったし、串刺しにされた魚を見るとかわいそうで心臓がドキドキした。

さて京都からの出発の話にもどると、マライーニ一家は自分たちが永遠に家から立ち退くことになるとは知らなかった。家具や絨毯、いろいろな置き物などが人のいない部屋に残されたが、それらが空襲で焼失したのか盗まれてどこか別の家に運ばれたのか、ついにわからなかった。思い出すのは小さな陶器の仏像だ〔布袋(ほてい)像と思われる〕。あぐらをかいて座り、太鼓腹で、目が笑い、口を半開きにして、恍惚として平穏を説いているようだった。聖なる賢明なブッダはいったい戦争についてどう考えていたのだろう。

4

強制収容所へと運ばれるトラックの上で顔に吹きつけていた風がいまも吹いてくるようだ。わたしたちはどうなるのだろう? 日本政府の対応は冷淡だが礼儀正しかった。国際法に従って、質素ではあるが苦痛とならない、とくにこんなに小さい子どもさんたちのために食料と寝場所を約束しますよと言った。そしてたしかに、収容所に到着した直後に、米の袋や野菜、卵、牛乳などをつんだトラックが数台到着したのを見て、それはわたしたち収容者のためだと思った（日本政府の方針では、そうだった）。だがすぐにわかったのだ、食料はすべて警官たちが横取りして家に持ち帰るか闇市で売るかし、わたしたちにはやっと生きのびるだけのお米しか残らなかったのだ。生きのびるといってもどんな状態で？

名古屋市郊外の天白の収容所に着くとすぐに、明らかに長年使用されていないテニスコートの更衣室と、そのそばの平らにならされ、うっすらと軽く赤い砂がついた金網をめぐらせた四角い土地を収容所としたのだとわかった。有刺鉄線、二階建ての家、その三部屋に一六人が詰めこまれた。寝室といえる部屋はなく、実際、夏は酷暑、冬は厳寒の部屋で眠れたものではなかった。床の汚れてけばだった畳に直接フトンをしき、軍隊用の毛布をかけて寝た。それは数か月後にはシラミとノミだらけになった。

わたしたち姉妹はしょっちゅう一列縦隊にすわって、掻くとうつる痛いおできの犯人のシラミをつぶした。でもこちらがみるみる痩せてみるみる体力がなくなるにつれて、寄生虫たちはますます大胆にでしゃばりだした。回虫のせいでお尻がむずむずし、しょっちゅう鼻血が出ていたことをおぼえている。鼻血が出るのはビタミンB_1不足による脚気（かっけ）のせいで、一家全員を衰弱させた。極端な疲労、脚の痙攣、歯茎からの出血、関節痛、腸の不調、不眠、下肢のむくみ、心臓疾患、脱毛などが起きた。暖めあい、空腹をまぎらすためにも、わたしたちは葉の落ちた樹の上の猿の一家のように抱きあって寝た。

5

収容所勤務の警官は四人で、ふたりが日勤のあと宿直、ふたりが帰宅という交代制だった。翌日、休息したふたりが収容所で仕事をし、ほかのふたりが帰宅した。もっともファナティックな男はもっともしゃれ者でもあり、だれよりも教養があって英語ができ、イタリア語も少しわかったらしい。いつも身体にぴったりした上着にピカピカのブーツという非の打ちどころのない姿であらわれた。念入りなサディズムでだれよりも嫌われていた。粕谷(かすや)という名前だが、世界じゅうの女性が憧れる美男俳優に似ていたので、ヴァレンティーノという綽名(あだな)がついた。

ヴァレンティーノは当番のとき、愚鈍な感じがするのでおバカという綽名の西村をつれてきたが、西村はだれよりも温情があった。なんどもわたしたち姉妹のそばに来て、ヴァレンティーノの目を盗んでポケットの奥から卵を出してくれたりした。頭をなでてくれたこともあった。そしてやっと聞きとれるような声で、同僚のまえでは不適切と烙印を押されるに決まっていることを言った。つぶやくように「かわいそうな子たち」と。でもじきにそれが発覚して、職務を変えられた。監視の仕事を命じられたが、二度と収容者に近づけなくなった。

二組目は青戸と藤田だ。青戸は収容者たちからヒトデナシとだけ呼ばれた。実際にずるくて意地悪で、わたしたちが空腹だったり病気になったりという苦境にあるのを見ては喜んだ。しょっちゅうどなり散らし、とくに子どもに容赦なかった。彼の言い分ではわたしたちがむやみに動きまわり、「おなかがすいた、ママー、おなかがすいた！」とリズムをつけてくり返すのがうるさいのだった。偏屈な性格の持ち主で、分身でも棲みついているかのような予想しがたいところがあり、怒りにまかせて罰するかと思うと、ぼんやり考えにふけったりしていた。冷酷な軍人なのか、精力的で、他人の不幸を楽しむサディスティックで非情な男なのか、彼のなかに何がひそんでいるのかわからなかった。

彼の相棒の藤田のことをフォスコは「凶暴でゆがんだうぬぼれ男」と書いている。「だれよりも無作法な軍国主義者。胸をそらしてあちこち歩きまわり、サムライの刀のように警棒を振りまわしてはぞっとするような声でどなり散らした」。厳格に見せたがり、なにかにつけて大いなる力とか、偉大なる日本、崇高なる陛下、聖なる天皇などの話をした。綽名はラデツキー〔オーストリアの陸軍元帥。イタリア北部の独立運動を鎮圧した〕。「にもかかわらず、要するにもっとも愚かだったから、チームのなかでだれよりもこわくなかった」

わたしたちは隔離されて、世界のできごとはなにも知らなかった。フォスコはわたしたちの隔離を落盤で坑道の奥に閉じこめられた炭鉱夫たちのそれになぞらえた。遊ぶことも、昼間に寝ることも、九時以降に床につくことも禁じられた。閉じこめられた者たちは会話を、というより議論をしてうっぷんをはらした。わたしはときどき仮死状態のような眠りからさめて、ゲリラ作戦だの政治、哲学、宗教だのを論ずる大人たちの興奮した声を聞いていた。

わたしは、母が賢明に沈黙を守ったまま縫い物の手をやすめずに、えんえんとつづく男たちの議論に耳を傾けているのを知っていたので、そんな母を観察していた。ときどき口をはさんで議論を鎮めたり自分の意見を言ったりし、わたしは心のなかで彼女の言うことが正しいと思った。食べものにとりつかれて正気を失いかけている男たちのなかで母がだれよりも冷静で決然としていると思われたのだ。

空腹と衰弱が囚われ人たちを不眠ゾンビの群れにした。夜中に何度もトイレに行く緊急の必要のせいで、頻尿は脚気のせいだった。収容所でただひとつのトイレめがけてみな長い廊下を走った。ときどきわたしはフォスコが起きて、母に何かささやいてから、トイレのほうに歩いてゆく気配を感じた。ほかの人たちは五回も六回も起きていた。

トイレに行くには薄暗くて長い廊下を通らなくてはならず、廊下を歩く足音が不吉な音をたてた。だれもそんな凍えるようなトイレ行きなどしたくなかったけれど、ほかに方法がなかった。母だけが、足がむくんでなかば麻痺していたので、おまるが与えられた。それはまた、あとになって、《小さな教会(キエジーノ)》からのちょっとした略奪の隠し場所にもなった。男たちは、それに子どもたちも、起きて、スリッパをバタバタさせてトイレに走らなければならなかった。粕谷はわたしたちが規則を守るかどうか、目を光らせた。規則が過酷でしかも無意味であればあるほど、彼はわたしたちにそれを守らせようとした。

「ぼくらはできるだけ目をさまさないように、まぶたの下に貴重な夢うつつ状態を保持し、それがゆさぶられて、ぱっちり明るい目覚めになどならないようにと祈りながらトイレに行ってはもどった」とフォスコは書いている。「囚人仲間たちは亡霊のように足をひきずり、ひと言も発せずに、毛布やマフラーにくるまったり、登山用のフードを頭にかぶったりして通っていった。翌朝目がさめると、もっとも運の悪かった者たちはぐったり疲れて、身体が壊れるばかりになっているのに、起床時間から五分以上はフトンにもぐっていてはならないのだった」

こんな深夜の往来のあとは朝に少し休むのが当然で理にかなっているのに、冬も夏も六時という起床時間後にフトンにとどまっているのは厳しく禁じられた、三八度の熱がある者でないかぎり。イタリアでなら、六時きっかりに収容者全員が起床して、顔を洗い、着替えていつもの味気ないお茶を飲んでから中庭に出て、檻のなかの熊のようにぐるぐる歩きをするのを、警官がこれほど片意地なまでに目を光らせて監視することはないだろう。粕谷がだれよりも目を光らせた。彼は冷静さを失ったことがなく、すてばちになりもしないが、その目はなにがあっても注意を欠くことはなかった。規則は忠実に実行され、問答無用だった。

その男にはどこかファナティックなところがあり、義務と忠誠という儒教のイデオロギーに本心から熱烈に染まっているように思われた。同じように倒錯したイデオロギーゆえに、ＳＳ（ナチス親衛隊）の一部の者たちは、敵とみなした者たちの苦悩と苦痛に目を閉ざして、上層部が決めた規則を実行した。でも、と母は声をひそめてわたしに言った、粕谷はわたしたちの組織的な食料奪回のことを笑いごとだなんて思っていないわ。逆に、たぶんこのイタリア人の裏切り者どもに彼なりの処罰法を科してやると考えているはずよ。

奪回とは盗品をとり返すことだ。前にも述べたように、日本政府が収容者のために送ってくる食料は組織ぐるみで警官たちに横取りされて、運び出されていた。しかも彼らがそうするのは、わたしたちを犠牲にして自分の懐を肥やすためだけでなく、わたしたちは裏切り者だから愚弄し憐れみをかけずに対処しなくてはならないと言われていたからだ。だが横取りした物をそのつど運び出すわけにはいかない。そのために収容者たちが《小さな教会》と呼んだ隠し場所があり、警官たちはそこにわたしたち宛ての米袋や卵、牛乳、果物などを積みあげていた。

母の話では、フォスコは警官たちのゴミ箱あさりの達人になった。あるときは皺くちゃの新聞を見つけて、手で伸ばして読み、わずかながら情報を得た。りんごの芯やみかんの皮、魚の尻尾を見つけたこともあった。あるとき、これも母の話だが、フォスコは丸々一羽のロースト・チキンの皮と骨をみつけた。なんというごちそう、髪の毛まみれだったけれど。それでも彼はそれを食べた、空腹で衰弱しきっていた。

何年もあとにわたしは名古屋へ行って、二年間閉じこめられていた強制収容所を訪れた。若い世代にまちがった戦争の残酷さを知らせようという日本のテレビ局に父とわたしが招かれたのだ。だが、街は右も左もすっかり変わって大きくなり、それがどこだったかわからなかった。ファシズムに反対したイタリア人の強制収容所が存在したことをだれも知らなかった。

妹の娘ムージャがわたしたちの物語をめぐるすばらしいドキュメンタリー映画をつくって収容所時代の日本を再現し、坂本龍一氏が共鳴して、なんの代償も求めずに音楽を担当してくれた。繊細で感受性豊かで、注意深く寛容な日本が存在する。その日本が、一九四〇年代には見ること聞くことを禁じた軍国主義に沈黙させられたのだ。

フォスコとわたしはテニスコートを見て、天白を見出した。それは幸いにまだ残っていたが、わたしたちが暮らした家は壊されて、跡地に一〇メートル以上もあるコンクリートのビルが建っていた。不思議だった。記憶が新たな大きさや新たなにおい、新たな空間、新たな光景に符合しなかったのだ。なにもかもが歪み、変わっていた。あの小さな長方形の赤茶けた土地だけがかつてテニスコートがあったことを証明し、いまはうち捨てられているけれど、幸いにして、雑草や風に倒された木の幹に侵害されながらもまだそこにあった。

そんな木の幹のひとつにすわって、思い出そうと目をつぶってみた。あのころ、実際はテニスコートにわたしたちは入れなかった。家と家の内部にある小さな中庭にしかいられなかったから。わたしたちの生活は、昼も夜もその小さな空間のなかでくりひろげられ、二階の部屋の床にしいた二組のフトンで寝て、中庭ではベンチにすわったけれど、背中をもたせかけるのは禁じられた。

立っていられないほど衰弱している者にそんな理不尽な禁止をするなんて異常なことだ。何のためだったのだろう？　わたしたちの忍耐力を衰えさせてますます絶望させ、不幸にして屈服させようとしたのだろうか？　骨と皮ばかりになり、脚気や壊血病にかかってしょっちゅう鼻血の出ている者にとって壁によりかかれるのはどんなにありがたいことか。だが粕谷は、ほかの警官たちのように警棒をふりまわさずに、服従させるのに、配給の米のゴウ（合）の減量という底意地の悪い方法をつかい、なにかの不備で罰するべきだとみなすと、すぐにゴウを減らした。

あの庭はわたしの世界だった。小石を食べものに見立てて遊んだ。細長い石は川の小魚。それを焼いたにおいを嗅ぎ、かぶりつくと藻のにおいがすると想像した。細長いパンに見立てることもできただろうけれど、わたしは二歳になるかならないかで日本に来たので、パンはほとんどなじみがなかった。わたしにとっての食事は白米のご飯に刺身や魚のマリネ、乾燥した海藻などで、魚がないときは日本のどの家にもそれぞれ秘伝の作り方があるツケモノを食べた。

母は、まだ温かいパンは小麦粉の焼けたにおいに朝露の原っぱのにおい、ひらいたばかりの花のにおいのまじった独特のにおいがすると話した。「王侯気分のにおいよ」と言うので、わたしは鼻をピクピクさせ、目をとじて、そのにおいを想像した。「オーブンから出したばかりのパンの皮のにおいがするでしょう?」。でもなんとか母の言うパンを想像して鼻をピクピクさせても、石は石にもどってしまう。それよりかんたんに想像できたのは丸い石をお茶碗に盛ったご飯に見立てることだった。それをオハシで食べるととてもおいしくて、お茶碗はあっというまに空になり、わたしはいつもお腹がすいていた。

何年もあとに、瀕死のデモクリトスが妹の結婚式〔信奉するテスモポリア祭という説もあり〕の妨げにならないように焼きたての大麦パンのにおいを嗅いで命をつないだという話を読んだ。その話にわたしは感動した。古代ギリシャの哲学者は友だちになった。

収容所では子どもたちは食料配給の数にはいっておらず、わたしたちの分のゴウはなかった。ほかの人たちが子どもたちにスプーン半分の米を恵まなければならなかった。母はもともとひどく少ないのにさらにゴハンをいくらか減らさなくてはならなくて、しだいに仲間が憎悪の目でわたしたちを見るようになったと言った。フォスコは親が子どもたちに自分の分の一部を与えると申し出たが、規則は規則ととりあってもらえなかった。子どもたちにゴハンの配給分はいっさいなし、収容者各自のスプーン半分の米のみだった。

お茶碗のお米はますます少なく、その半分ほどになり、そこからちょっとでも取りあげられるのは耐えがたい犠牲となった。わたしは胃痙攣がどうしてもおさまらないときは、蟻を食べた。蟻は庭の端っこにいた。父は「蟻は食べるな、毒がある、蟻酸という毒だよ」と叫んだ。でもわたしはお腹がすいていたから、それを指でつぶして口に入れ、嚙みもしないで呑みこんだ。でもしばらくして中毒にかかって、もう食べられなくなった。

6

収容されたのは一六人だったが、のちに語学の先生がいなくなって一五人になった。老人が三人いて、そのひとりは信仰ゆえに収容された大変な博識の親切なユダヤ人教授で、もうひとりは日本語と日本の政治にとてもくわしい元外交官だった。横浜のちょっと浅慮な商人は世界観が対立する元外交官をいつも攻撃していた。元外交官は商人を無知だと言い、商人は元外交官を偽善者と言った。ピエモンテ出身の宣教師もいて、日本の歴史や宗教に精通していた。

彼らにつづくのが若者組で、身軽で、少しでも食べ物を確保するためとあらばいつでも行動にでる準備ができていた。彼らに、寝る部屋の掃除、料理、フォスコの言う「ぎゅうぎゅう詰めのあばら家」でやるべきさまざまな雑事が振り当てられた。この七人の若者組のなかに、粗食のせいで衰弱しているものの、三〇代の男盛りの父フォスコ、ミラーノのエンジニア、東京のフィアット日本支社長、フリウーリ出身の農夫、ローマの元学生、そしてフォスコの親友の、歴史学者のビーノと仏教に魅せられた宣教師ベンチヴェンニというふたりの洗練された知識人がいた。

収容されたばかりのころはみな和気あいあいで連帯していた。その後、いろいろの物資が欠乏し、寒さや栄養不足による体調不良などがつづくうちに、口論やいやがらせ、衝突などがはじまった。それでもそれは礼節をまもった対決の域にとどまっていた。「このグループは政治や歴史、宗教、美学などのテーマで激論をたたかわせ、一丸となり、とことん威厳をもって、理性の帝国の旗印のもとに、障害を乗り越えようと決意し、憎むべき世界と対決しようとする二〇世紀の教養あるヨーロッパ人から構成されていたと言うことができる」とフォスコは書いている。

一九四三年のクリスマスと大晦日が近づいていた。両親は娘たちに二、三日でも楽しく過ごさせたいとあれこれ考えた。そのために母は布切れでお人形をつくり、ボール紙で劇場をつくってくれた。ほかに日本人の友人たちからいくつか小包みが届いたけれど、警官は渡してくれなかった。なかにはお菓子がはいった包みもあったのに、裏切り者の娘たちは裏切り者として扱うべきだとくり返し言っていたように、彼らはそれを娘たちに渡さないで《小さな教会》に鍵をかけて何か月もしまいこみ、腐らせてしまった。

ワイルショット教授はほかの人たちとちがってわたしたち子どもにやさしくしてくれて、特別な日だからと、自分の秘密の隠し場所から何か月も保存していた瓶詰めの桃のシロップ漬けをとりだして、わたしたちの皿に空けてくれた。わたしはあの遠い日のクリスマスをなによりもたいせつな、うれしい贈りものとして記憶している。シロップに漬かったあの甘くてとろりとした桃は、いまやご飯や苦いお茶だけになれたかさかさの舌にとって、奇跡の味わいだった。

母が日記に書いている。「一九四三年クリスマス。庭の桜の木をクリスマス・ツリーにする許可がでた。子どもたちは大喜び。なにかプレゼントを買おうと思ったけれど許されない、なぜ？悲しい。イヴに『神の御子は今宵しも』、『シズケキ』、つまり日本で『きよしこの夜』と言われている歌をうたうことを許された。科学技師がおいしいクリームをつくってくれた」。祭日の特別プレゼントとして一六人に対して四個与えられた卵でつくったのだ。四個の卵と米粉少々、スプーン数杯の砂糖、水で増量したたっぷりのミルクでできたクリーム。でもわたしたちにはすばらしいごちそうだった。

わたしは戦争中のあのクリスマスの夜にうたった歌を思い出しては胸がいっぱいになる。空腹のせいで声が弱々しくて高らかにはひびかなかったけれど、ああやって歌ったことがわたしたちをいまいちど結びつけ、自分たちは一体であり、生きのびたければしっかり連帯しなければならないと感じさせた。どれもみな平和で幸福だった子ども時代のクリスマスに家族のなかで聞いておぼえている歌ばかりだった。あのとき、あの凍てつく中庭の、葉が枯れて裸になった枝が、母がトランクのいったいどこから引っぱり出したのか、赤と緑色のポンポン飾りでおめかしをされた桜の木のまえに立って、わたしたちは感激し、幸福だった。

苦難の年が終わった一九四四年の元旦にも、一六人で分けるクリーム用の四個の卵が与えられた。わたしたちは新しい年に、一九四四年に入ったことのお祝いをした、過ぎた年よりいい年でありますようにと。こんども科学技師がクリームをつくってくれて、薄くて水っぽいけれどわたしたちにはとてもおいしかった。「特別待遇はなにもなし」とちびた鉛筆が生きていたかぎり書きつづけた日記に母が書いている。鉛筆の命が尽きると、日記も終わった。けれども日記が終わったのは、翌年に待ち受ける厳寒の冬に向かって希望のともし火が消えかかり、身体じゅうのエネルギーがすべて失われかけて、忍耐力も書く意欲も尽きたからだった。母は死を待っていた、解放としての死を。

わたしはおたふく風邪にかかった。顔がふくらんで耳が刺すように痛かった。母がお医者を頼んだけれど来なかった。でも薬をとどけてくれたので痛みはやわらいだ、治りたくてたくさん飲んだのだけれど。トパーツィアは自分は落ち着いていると言っていたが、それは諦めと死んだも同然の無関心からくる落ち着きだった。「待つことで、生活全体が静止しているようだ」と書いている。「何を待ちうけているの？　何がわたしたちを待っているの？　そしていつまで？」

朝、中庭での点呼のとき、当番の警官がせせら笑って、戦争に勝ったらすぐにおまえらの喉をかき切ってやると言った。おまえらって？　とわたしが訊いた。全員だ、という答えだった。あたしたち子どもも？　とは訊けなかった。復讐心にもえた憎々しげな眼を見て、そうだ、と答えるのがわかったから。おそらく彼は無敵だと信じていた日本軍が大敗したのを聞いたばかりで苛立っていたのだろう。そのために、とわたしはいまは思う、警官たちはますます意地悪になったのだろう。だがそれがわかったのはあとになってからだ。

ときどき冗談を言うフォスコが、「ぼくらは飢餓学者になった」と言った。収容されている者たちにとってそのときまでの飢えはみな文学による経験で、ダンテの詩（塔に幽閉されて餓死したウゴリーノ）や極地探検家たち（フランクリンやバレンツ）の物語で知ったものだ。「だれも飢餓の専門家に、この凍てつく人知の果ての真の教授に、飢えがもたらす無数の感覚のスペシャリストに、白い拷問〔無期限の長期間監禁〕の綱の上でいつまでもバランスをとっている軽業師になるとは思ってもいなかった」

量をふやすためにとろとろに煮た数ゴウのご飯を食べたあとにやっと、満ち足りた放心状態にひたることができた。でも三〇分もするとまたお腹が空いてチクチクしだし、ぐったりしてしまう。すると、トパーツィアの話では、だれかが、射抜くような粕谷の目を盗んで、きびしく禁止されているのに、血液中の酸素が欠乏して起こる呼吸困難を回復しようとする。何分間か床に横たわるのだ。だれかが二本の指で脈を測り、脈拍がいくつだと声を張り上げる。「五〇になった」と言って、ため息をつく。「いや、もっと悪い、四五になった」。生命が音もなく消えてゆくのだ、荒野で灯が弱まってゆくように。

寒さがきびしくなるにつれて、トイレ行きがますます頻繁になった。わたしたち子どもも頻尿に襲われた。一番小さいトーニは母に抱かれて行った。ユキとわたしは母のあとについてあの寒いトイレでいっしょにおしっこをした。お腹がすいて胃痙攣が起こるので夜中に何度も目がさめてしまい、すっかり疲れて体力がなくなった。遊ぶのもおっくうになった。ついに一日じゅう中庭のベンチにすわり、毛布をかぶって寒さを防ごうとした。収容所でただひとつ暖かいのが火を使うときの台所だけれど、当然粕谷は料理当番でない者がなかに入るのをきびしく禁じた。だから中庭しかないわけで、わたしはそこで、父に警告されていたし、中毒になったこともあったけれど、蟻を食べつづけた。寝る部屋はあまりに寒くてシラミだらけなので、雨が降らないかぎり、外のほうがましだった。

7

母は彼らにわかる警官(ポリツィオット)ということばを使わないために、彼らを《天使ちゃん(アンジョリーニ)》と呼ぶことにした。その呼び名が気に入って、みなが警官をそう呼ぶようになった。いま天使ちゃんたちはどこにいる？　きょうの当番はどの天使ちゃんだ？　天使ちゃんが背中をむけているすきに壁にもたれた。

じっさい天使ちゃんは、先にも触れたように、収容者たちが中庭の、家の壁際に置かれたベンチにすわるとき、壁にもたれるのを禁止した。ちょっとでも規則をやぶると、反抗する者を殴るための警棒を手に騒がしくどなりながら駆けつけた。けれども最悪の恐ろしい罰はなにも言わずに米のゴウを減らされることだった。フォスコは書いている。「夜、ふたりの収容者が警官のところに（彼らは自分たちの詰所にいる）翌日のゴハン用の米の配給量であるブン（分）をとりにいく。それが一日の至福の時間となった。いまや収容者たちは極限状態で、ブンが一ゴウでも増えれば子どものように喜んで跳びはね、一ゴウ減ったといっては暗い絶望の淵に落ちた」

「《食堂》とは名ばかりの狭い部屋にすわって待っていると、もどってくる当番の足音でその日の成果の状況がわかった。ひとりが駆け足でもどることもあった。『みんな、卵二個だぞ！』（むろん一六人にたいしてだ）とか、『いいか、二八ゴウだぞ！』とか。だがそれ以外の多くの場合に聞こえるのは《料理当番》たちの重くひきずる足音で、彼らは血の気のひいた顔でもどってきて、ドアを開けると、テーブルの上に配給されたブンを置き、『たったの二四ゴウだ』と、ぼそりと言った。まるで首に両手をまわされて、だんだん強く、だがゆっくりゆっくり絞められるようだった。そうしているうちに息がとまるのだ」

だれかが抗議してみたけれど、最悪の結果になった。ゴウが減らされて、はけ口のない絶望に怒りが加わった。母が日記に書いている。「もう限界。目にびっしり点々が見えて、痛い。髪の毛がごっそり抜けた」。そしてつけ加える。「この牢獄生活のごく最初の数週間のことを思い出す。わたしたちはまだわたしたちだった、食後の議論、台所での詩の朗読、お玉をもったままの哲学談義。いまは灰色のマントがみなの精神も肉体も窒息させているみたい」

収容されている人たちのあいだでなにかが変わっていった。ことばが無用になり、発するのもめんどうで、表面的になった。「ぼくらは暴れ馬さながらあちこち歩きまわった」とフォスコが書いている。「ばかげた実験をして、木の皮を剝いでみたり、めったにいないカタツムリを探したり、草を食べたり、土まで食べたりした（中国の農民が飢饉のときに土を食べて胃を満たしたと本で読んだことを思い出した者がいたのだ）。ぼくらはあそこで死ぬだろうと思っていた」

わたしも子どもなりにそう思い、毎晩死ぬ準備をした。わたしは死にはほとんど慣れっこだった。目覚めのない眠りを考えたけれど、理想はせめて穏やかに眠り、床に敷いたあのフトンでの眠りが空腹からくる胃痙攣で妨げられないことだった。それまで死んだ人を見たことはなかったけれど、動かないで静かにしている自分を想像していた。死んだら、天の小法廷で裁かれて子犬や猿、あるいは馬や、ひょっとしたら海底の小魚に生まれ変わるのだろう。

子どもで、さほど生きておらず、罪を犯してもいないから、アマテラスはわたしを人間に生まれ変わらせてくれるのか、それとも規則を守らずに行動した者がそうなるように動物にされるのか、よくわからなかった。でもわたしが守らなければならない規則って何だろう？　ブッダの教える平穏さと世俗を離れた平安だろうか、それとも孔子が第一とする従順さと規律だろうか？わたしは心から日本の輪廻観を信じていて、死んだらすぐに、生前のふるまいによっていくらかの差はあるけれど、別の姿に生まれ変わるのだと思っていた。でもわたしの人生はこんなに短いのに、どんな審判が下されるのだろう？

わたしはたぶんまた女の子に生まれ変われるかもしれない。まずは、世界にむけて目をぱっちり見ひらいて、ママーのお腹のあたたかい水から外に出て出会った冷たさがこわい赤ちゃん、それともお腹がすいて、おいしい食べものの夢をみて想像する女の子。でもわたしは星空が映っている山の湖の色をしたすばらしいキモノを着たアマテラスに会えるだろうか、それとも炎の舌と鉤爪の目をもつあの夜のドラゴンたちに会うのだろうか？

乳母の森岡さんはたくさんお話をしてくれた。それは日本の昔話が子どもたちにさし示すあの恐ろしくも楽しい迷路に入る方法だった。日本の昔話はどれも、幻想と、外科手術さながらの的確さで分析された現実のあわいに宙づりになっているのだ。

そっとそっとわたしは、わたしたちに日本語を学ばせ、喜ばせたり怖がらせたりするために乳母がくり返し話したお話を記憶で再構成してみる。でもそれらはほとんどどれも、死と思いがけない変身の話だった。

何年もあとに、オウィディウスを読んで、たくさんの不思議な類似点を見つけた。妻のイザナミは息子の出産で死んでしまった。夫イザナギは猛りくるって真っ暗闇の黄泉（よみ）の国に降りて妻を見つけようとする。明かりはなかったけれども妻を見つけだし、彼女の名を呼び、生き返らせるからついてくるようにと頼む。彼女はあとについてきたが、光がさすところまで来たときに夫がふり返ると、そこで見たのは、女でなく骸骨だった。

そこで彼はこわくなって逃げた、亡霊の群れに追われながら。

妻のエウリュディケーを探しに死者の国に降り、彼女を見つけて生き返らせようとしたオルペウスの話を思い出さないだろうか？　光の世界に出るまでふり返るなという約束だった。それなのに彼はふり返ってしまって彼女を失った。ギリシャ神話には骸骨も、追いかけてくる亡霊の群れも登場しないけれど、わたしはそれがかえって不気味な感じがする。それでも愛が生命の限界を超えられるという思いはふたつの話のどちらにも共通している。可能なことの縁にとどまっている限りのことだが。愛は死の闇をやぶることはできるけれど、息を失った者にそれを吹き返させることはできないのだ。

また人間に変身する猫や、狐や木に変身する人間についてはどうだろう？　わたしはギリシャ世界と日本の世界のあいだにつながりがあるとは思わないが、どちらにも共通しているものがあるのはたしかだ。両性の神々のひしめく宇宙があり、それを妖精や怪物、ドラゴン、謎めいた愛らしい生きもの、恋をして井戸の縁にとどまって月を眺める狐などがとり巻いている。これは日本のイコンのひとつである。ヨーロッパでは狐に変身した女がイギリスの作家デイヴィッド・ガーネットの小説のヒロインになっている。

日本の昔話はどちらかというと暗い。満月の夜に女に変身する狐の話がある。女は悪女だ。若い男たちを誘惑し、そのあとに彼らを食べて骨だけ残す。いったいどんな父祖伝来の女性恐怖からこんな昔話が生まれたのだろう。

ガーネットの小説では逆に男が結婚した女が狐に変身し、男はなすすべもなく、とてもやさしく愛情深いけれども心配性の野生動物につきそってやる。そこに女性蔑視のメタファーがあるのかどうかはわからない。それでもガーネットにはこの変身についてのやさしさがある。

8

ある朝、警官たちがせっせとテーブルにごちそうを並べるのを見てすぐに、なにか重大なことが起こるのだとわかった。山盛りのご飯に、醬油味の小さな川魚、刻んだ大根でふくらませた卵焼き、みかんと梨、少量のオサケまであった。何が起こるのだろう？ 警官たちはなにも言わず、だれが部屋に入ってきても目を上げずに黙って食べろと命令しただけだった。

最初の訪問者はサロー共和国の代理大使プリンチピーニ大佐だった。ただひとつのお恵みはその豪華な食事だけだった。大佐の無関心ぶりは警官の禁止とぴたりと符合したから。つまり話していいのは日本語だけ、無言の言語である目配せや合図は禁止、外部の人間との接触はいっさいなしだ。でもわたしたちはそんなことをしようとも思わなかった、大佐はことば以上に雄弁なわたしたちの現状を見るつもりなどなかっただろうし、実際目もくれなかったから。

二回目は、父が《おふざけ》と言う、四四年三月一〇日の赤十字社の視察だ。その日もブンが倍増され卵が八個もついた。そのわずかの卵が一六人分とはお笑いでしかないが、最大でも卵二個に慣れていたわたしたちにとっては大いなる戦利品だった。そしてすぐに、これほどの増量は解放がちかい証だと確信する者と、そうではなく本部の変化のあらわれだと主張する者のあいだで議論になった。

そこへ、フォスコが書いているように、「蛇の微笑を満面にうかべて」粕谷が戸口にあらわれ、口をひらかずに、黙って食べてくれと頼むふりをして、そのじつ命令した。訪問者を待ってそれからテーブルにつけ、手や顔をよく洗い、髪をととのえろ、痩せているのが目立たないようにし、笑顔で感謝しろ。

わたしはいまでも湯気のたっている山盛りのご飯と八個の卵に豆とじゃがいもがたっぷりはいった卵焼きを思い出す。見たこともない、すごいごちそうだった。でも食べはじめるには粕谷の合図を待たなくてはならない。わたしはハシをもった手を動かさずにはいられなくなって、いいにおいのするご飯にそれをのばそうとした。母のきびしい目がその手をとめさせた。わたしたちは命令に従わなくてはならないのだ、そうしないとひどい罰をくらう、それはよくよくわかっていた。

ようやく戸が開いて、口元をほころばせたりっぱな紳士が入ってきた。「あまりに突然の出現だったので〔……〕天白のあわれな住民たちは態勢をととのえて、堅苦しい紳士に英語でもドイツ語でも何語ででも、こんなのはいかがわしく非情な茶番だ、囚われの身となった最初の日からこんな芝居じみた食事など見たこともない、ここの日々の食事は餓死寸前だと叫んでやる時間がなかった」とフォスコは書いている。「粕谷はバレエでもするように優雅におじぎをし、笑顔をふりまき、さっとあたりを見まわして大声で挨拶をして、客をつれだした。やっとあとになって赤十字社の代表者だったということを知った。偶然にもその堅苦しいスイス人はその人柄にぴったりの名前だった。アングスト、つまりアンゴーシャ（苦悩）だ。彼は東京にもどって、まあ、天白の反体制分子たちは元気そのものだった。なにも不足はない、と報告したのだろう」

三番目の訪問者は駐日教皇使節のマレッラ司教だった。笑顔を絶やさず、収容者たちの声を聴こうともした。実際に収容者たちは自分たちの置かれた状況に抗議した。マレッラ司教は粕谷の禁止を撤回させることもし、明らかに上層部にわたしたちの不満を報告したはずだ。だがその上層部こそが聞く耳をもたなかったのだ。「何日か、ぼくらは実際に何ゴウかの増量にあずかった。だがすぐに、暗い時代の食料制限、どなり声、空いばりの脅しが再開した」。すでに四月に母が日記に書いている。「みんなすっかり元気がなく、大きな希望からペシミズムのどん底に落ちてしまった。三月には出られると確信していたのに、ここにさらに何年もとめ置かれるにちがいないと思った」

収容所のただひとりの女性である母は、男たちはささいなことで言い争う気まぐれな子どもみたいだと日記に書き、彼らのなだめ役だった。戦況がどうなっているのか知るすべもなかった。知りうるわずかな情報は警官たちがゴミ箱に捨てる新聞からで、収容者たちはそれを拾い集め、平らにのばし、きれいにしてから、書かれている言語のエキスパートたちにうやうやしく手渡した。

残念ながらそれは政府寄りの新聞で、情報は正確ではなく、あとで知ったのだが、日独伊三国同盟にとって日増しに不利な展開になっていた戦況のわずかな戦功をたたえてばかりいた。警官はだれひとり口をひらかず、質問されても無言のまま、せいぜい、えらぶった薄ら笑いをうかべるだけだった。それにしてもこの死にかけた連中は何を望んでいるんだ、われらが偉大な帝国が勝って、やっとおまえら全員を銃殺する命令がくだされるんだと言わんばかりに。

9

毛布を一枚増やしてほしいとか、ノミやシラミ退治の殺虫剤がほしいと頼むたびに、警官たちは、おまえらは裏切り者だから死んであたりまえなんだ、だけど自分たちはほかとちがって寛大だから生かしてやってるんだ、と答えた。

でもほかってどこのことだろう？　わたしたちは意味がわからず、根拠のない陰湿な脅しだろうと思った。ところがあとで知ったのだが、まさに同じそのころ、収容されると同時に殺された人たちがいた強制収容所がほかにあったのだ。だがどこのことだろう？　ひとつの民族を殲滅しようとするヒトラーの意図を日本の警官が知ることなどできたのだろうか？　わたしたちはだれひとりそんなことは想像もできなかった。戦後になってやっと、ポーランドのたくさんの強制収容所で、ＳＳが反体制の者やレジスタンスの抵抗者のほかに、彼らが劣等民族とみなした人たちを収容していたことを知った。それは事実だったのだが、なぜそんなことが起こったのかとわたしはそのとき自分に問い、いまも問いつづけている。罪のない人たちがヨーロッパじゅうでかき集められ、水も食べ物もない貨物列車に閉じこめられて収容所にはこばれ、そこでユダヤ人だというだけで組織的に殺されたとは？

わたしたちは背筋が凍るような事実を知った。列車から降りるとすぐに収容者たちは人数を数えられ、写真を撮られ、それから子どもと老人は役に立たないのですぐにガス室に入れられ、若者たちは生かされはするが、それもしばしば数か月のことで、収容所でもっとも卑しい仕事であるトイレ掃除や、料理、収容者たちを日課の労働に急き立てる役などを担わされた。ほかに、もっとも非道なやり方だが、ガス室から死体を運びだして焼却炉に並べさせられた。ＳＳは若者たちが衰弱しすぎてはたらけなくなるまで生かしておき、それから彼らもガス室に送りこんだ。自分たちの犯罪の証人など無用だから、どうあっても彼らを殺さなければならなかったのだろう。そうしているあいだにも次々と列車が到着し、どの車両からもガス室行きの子どもと老人、強制労働に駆り出される若者たちが降りてきた。

ゾンダーコマンド〔ユダヤ人囚人より成る特殊部隊〕に課せられたさらなる仕事は、国に貴重な金属を供給するために死者の金歯を抜くことや、クッションにつめたりかつらをつくったりするために死体から髪の毛を刈りとることだ。要するに、わたしたちの警官がしょっちゅうくり返していたように、たとえムッソリーニ政府の裏切り者として唾棄すべき敵であるとみなしているにせよ、どんなに屈辱的な扱いをし、一日わずかなグラムの米しか与えないとしても、彼らは、そうされて当然のわたしたちを銃殺しないのだから、わたしたちは幸運だと考えなければならないということなのだ。その後わたしは、ナチの収容所で起こっていたこと、膨大な数の無垢の人たちが、ナチがもっともはやくて経済的だとみなした方法で殺されていたことを知ったなら、日本の軍人たちはどうしただろうと自分に問いかけた。

実際に、最初のうちナチはユダヤ人を銃殺していたが、その後兵士たちが、彼らをほとんど無慈悲に殺してもいい動物のように思っていたにもかかわらず、ときに、とくに子どもに銃を向けなくてはならないときに、逡巡するようになった。そこで兵士たちを巻きこむことの少ない方法が研究された。最初の犠牲者たちはトラックに閉じこめられ、排気ガス管で逆流させたガスを吸わされた。しかしやがてそれでは息が絶えるまで時間がかかりすぎて、そのあいだじゅう叫んだり嘆いたり蹴ったりする音がもれることが判明した。彼らは吐いたり絶叫したり苦悶の声をあげたりし、純朴な多くの兵士たちが動転してしまった。おそらくヒトラーの策謀のあとにも彼らのなかに残っていたなにかしら人間らしい感情が息をふきかえし、動揺させたのだろう。そんな殺戮に冷静に耐えることなど無理なのだ。

そこでもっと手早く、音のしない新たな方法が発明された。シャワーを浴びなくてはと収容者たちはガス室に入れられた。そのために石鹸とタオルが手渡された。実際、なかに入ると、水の出てくる蛇口がいくつもあった。だが床がじゅうぶん水に浸かると、天井の隙間がひらいて、ここから、ツィクロンBというよく知られた強力殺鼠剤が吹きだした。これは青い粉末で、床にまかれた水に触れたとたんに〔空気に触れると、という説もある〕毒の噴霧となり、一、二分で子どもや老人を殺した。みな二口、三口吸いこんだだけで死んだ、子どもたちは母親に抱かれて。

まだ石鹸を手にし、疑いながらも笑顔さえうかべ、とはいえそれも、息が短くとぎれ、叫びも抑えられてほんの数秒のことだが、大人の裸のからだと子どもの裸のからだがからみあっていた。それらのからだは床に倒れてのたうちまわり、そのまま思いもしないはやさで死にとらえられた。鋼板で補強した分厚いガラスの小窓からSSの目がそれを見ている。作業が終了し、それらのからだがみな床で動かなくなると、ドアが開く。だがこの時点でナチの警備員たちはその部屋から出てくるガスや吐瀉物、大便や小便、涙などの臭いに襲われないようにその場をはなれる。死体を運びだすのはほかのユダヤ人、このおぞましくも不吉な作業を強制され、そのあと死体を灰にするために焼却炉に運ばされるずばりゾンダーコマンドと呼ばれるユダヤ人なのだ。

これがすべて事実だと信じない人たちは、几帳面で小心翼々たる役人であるナチス自身が撮った写真を思い出してもらいたい。彼らにツィクロンBを納入した業者に支払った際の請求書もある。詰めすぎて、昼夜を問わず作動させたためにオーバーヒートし、たびたび故障した焼却炉の製造元とやりとりした書簡もそっくり残っている。すべて参照に値する資料である。

それでもまだ、山ほどの証拠があるにもかかわらず、すべてが事実であることを否定する、かたくなに否定する人たちがいる。否定する人たちは、奇妙な、わたしに言わせれば妄想家だ。事実が彼らを辱めるというので現実離れした妄想の世界をつくりだし、その世界で起こることはすべてがいつわりで、それどころか、起こったことはみな、彼らに危害を加えるために秘密の策謀を編みだした悪の力が案出したものだという。ゲーテが言っている。「この世でもっともむずかしいのは自分の鼻の下にあるものを自分の目で見ることだ」。実際に、おびただしい資料や写真で証明されていることを見ようとしないのは、何よりもまず人の倫理として見るべきものを見ず、聞くべきことに耳を貸さないことであり、まさに感覚をもたないロボットと同じなのだ。だれかが見えない手で彼らの脳をかきまわして空っぽにし、異端審問所によれば魔女たちがそうしたように、別の手が彼らの胸をかきまわして心臓をとりだしたかのように。心臓は感情の本拠であり、まちがいなく人の生命を保持する血液が流れているところだというのに。

一六世紀のイギリスで不義をはたらいた者に科した罰は、男を板に縛って運び、長椅子に寝かせて手慣れた死刑執行人が刀で胸部をひらき、ピクピク動いている心臓をとりだして勝利の旗のように観衆に見せるというものだった。

ここで、疑問がわくのではないだろうか、それから何世紀もたって世界は進歩にむかって何歩かでも踏み出せたのだろうかと。とくに見世物まがいの残酷さについて。ギロチンや、合法化され見世物と化した拷問、棒刺しの刑、磔、斬首などは歴史の残滓だと考えるべきだろうか。それとも、明らかにコーランの教えに反しているのに神の名において拷問と殺戮をするＩＳＩＳの若者たちがそう考えているように思われるのだが、勝って権力を手にしている者の権利だとでも？

つまり、わたしは自問するのだ、わたしたちは異端審問所と比べて、より解放されているのかいないのかと。歴史化するということは、大きな歴史の一部に属している慣習や感情、タブー、規則などをそれらの歴史的空間のうちに体系づけることではないだろうか？　わたしたちはいくつかの実践が永久に有効だと考えたいのだろうか？　何百年も行われてきたのだから奴隷制も女性器切除も許され、正しいと考えたいのだろうか？　歴史の流れのなかで考えようとしない者はそうだと言う。それとも慣習のうちのあるものは、たしかにあと知恵で断罪されるべきではなく、わたしたちがみな信じているいくつかの歴史的進歩によって形骸化したという考えをうけいれるのか？　奴隷制はたしかにまだ存在はする、だが非合法だ。公衆倫理がそれをきっぱり断罪した。奴隷はもはや彼らを買おうとする者の合法的な所有物だなどとはみなされない。同じようにいまでも石打ち刑が存在するが、もはや合法的とはみなされず、それもまた非合法であり、罰せられる。これらのことはすべて解放の流れの一端であり、人権の獲得であると考えられるのではないだろうか？　原理主義者や統合主義者はきっとノーと答えるだろう。彼らにとって慣習や法則はいちど根づいたら永遠であり、それに従わない者は罰せられるに値するのだ、できれば死刑をもって。

理性をもって話さない者、話そうとしない者と議論すべきことはほとんどない。あの恐ろしい本、異端審問所の『魔女に与える鉄槌』のことを考えるとわたしは混乱してしまう。その本には魔女だと告発された女たちに問うためにあらかじめ用意された質問が書かれている。おまえは塗油された箒(ほうき)に乗ってサバト〔魔女の集会〕に行ったか？　おまえは地面に円を描いて、そこで山羊の脚をもつ美男子のすがたをした悪魔と交わったか？　男は冷たい息を吐き、黒い舌をしていたか？その男となんど交わったのか？　十字架に唾を吐いたか？　赤子の寝ている部屋に飛んでゆき、心臓をとりだしてそこに藁の心臓をつめたか？

こんなことが、魔女と噂された女たちに異端審問所が発する質問なのだ。否定すると、彼女たちはダイシャクシギのように、つまり天井に固定された鉤にロープで吊るされて、数時間もするとあわれな女は腕が脱臼し、あまりの痛さに絶望して、降ろしてくれ、どんなことでも告白するからと哀願する。あるいは車輪に縛られたり、爪を一枚ずつはがされたり、鉄槌で膝を砕かれたり、足に火をつけられたりする。ついにはどんな女も、それ以上苦しまないために、異端審問所の望みどおりにすべてにサインしてしまう。先に告白がなければ、残念ながら魔女として生きたまま火刑にはできない。そこで拷問となるのだった。

だがほかに針による立証というのがある。裸にされた女が留め針で身体のあちこちを刺され、気絶したり叫びすぎて声が出なくなったりして痛くても叫び声をあげられなくなると、そこが悪魔が触って感覚がなくなった箇所だとされて、すぐに生きながら火刑となる。悪魔と通じていた、悪魔と交わった、十字架に唾を吐いたと彼女が告白したのと同じではないかね？　彼女は火あぶりによる死に値する。火は、周知のように、浄化する。そう言って異端審問官たちは火刑台をぐるりとかこみ、彼らが好んで思いえがく冷酷な復讐の神の名においてなされる恐ろしい処罰を楽しむ。だがどんな神も愛のことばを示すことによって生まれるのではないだろうか？

最近わたしは、ベファーナ〔一月六日の御公現祭の前夜に子どもたちに贈り物をする老婆〕の祭りはまさにこのいわゆる魔女迫害の記憶から発していることを発見した。迫害は古代ミトラ信仰の祭式に由来するが、それがひっくり返されているのだ。

インドやペルシャのミトラ神にかかわるはるかな古代の慣習では、一月六日は新しい太陽の誕生を祝う日で、親切な女神たちが豊作を願って田野を飛びまわるとみなされていた。

だがのちにローマ人が若くて美しいニンフたちと呼んだ女性たちが、どうしてぞっとするような鬼婆になったのだろうか？　ここで一神教のファナティックな女性蔑視があらわになる。ニンフたちと結びついているディアーナ信仰と区別させようと、彼女たちを醜い老婆に変えて、飛ぶには飛ぶものの、不吉な報せをもたらす鳥のように箒にまたがって飛ぶのである。箒は古代では掃除のシンボルであり、箒で過ぎた年の残滓を掃きだして新しい年を入れるのだった。だが女性蔑視の惑乱のなかで、箒が家族や宗教からの悪魔的な逃走手段になったのだ。

火あぶりのあと、何か月も女が幽閉されていた独房とシラミだらけの藁ぶとんの経費は家族に要求されるのが通常の習わしだった。払わないと騒ぎになり、危険な魔女の家族、処罰された女の共犯者と告発されることもあった。幸い、たいがいは女たちは炎が到達するまえに煙で窒息して死んでいった。だがこれらのことはすべて「神の御心で」なされたのであり、あれらのあわれな黒焦げの肉体にたいする、あの不吉な火刑台にたいする神の勝利を寿（ことほ）ぐしかなかったが、茶番の民事裁判のほうは、民衆にとって不名誉なことを言うことになるけれども、しばしば宗教裁判以上に残酷で暴力的な様相を見せている。

10

強制収容所とわたしの頭と心の関係は何年もつづき、いまもつづいている。好奇心とともに心情的な共感からも、いくどか飛行機でポーランドのアウシュヴィッツ、ドイツのブーヘンヴァルトやラーヴェンスブリュックを訪れた。ショアーにかんするあらゆる博物館はいうまでもない。ドイツにはそれにかんする博物館がたくさんあるのに、イタリアにほぼ皆無なのはなぜだろうと何度も不思議に思った。躓（つまず）きの石があるだけだ。それに出会うと、足で踏まないように飛びこして、かがんで見てはそのつど胸がいっぱいになる。だが、もっとなにか新たな世代に記憶をよみがえらせるようなことができないのだろうか？

いくつかの強制収容所を訪れ、関連する本を読んで、ＳＳとはじつに狡猾な役者であることがわかった。彼らは巧みに役割を演ずる術をそなえていた。自宅で逮捕されて財産を奪われ、列車に閉じこめられた人たちに、労働収容所に収容されるのだと言い、日本人がわたしたちにそうしたように、ひとり一個のトランクをもたせ、戦争が終わったら帰宅できると安心させた。あわれな囚われ人たちはそれを信じた。一民族全体を殲滅（せんめつ）するなどというのはあまりに理に反する考えで、実際にだれひとり自分の旅の行く末に疑問をもたなかったのだ。

食べ物も水もなく、バケツに用を足すしかないまま、何日も貨物列車に閉じこめられていたのに、封印された列車で野原や森やいくつもの町を通過したのに、旅の目的が自分たちの殲滅であるなどとは想像もできなかった。実際、そんなことなど信じられるものではない。それらのユダヤ人の多くはドイツで生まれ、ドイツの市民権をもち、ドイツ語母体のイディッシュ語を話し、ドイツの軍隊で戦いもし、ドイツが自分の祖国と信じていた。彼らがなぜ殲滅されなくてはならないのか？　ユダヤ人であるという理由だけで？

しかもユダヤ人の何が異なるというのだろう？　多くのユダヤ人は礼拝に行かず、彼らの身分証明書を覗きでもしなければ他のどんなドイツ市民とも見分けがつかない。それなのに、醜くて下品だ、金の亡者だ、世界支配をたくらむてごわい連中だと指をさされ、中傷され、語られ、書かれてきた。さらに攻撃するために被害者ぶる圧制者の典型だとも。何よりも腹立たしいことのひとつはおそらく『シオン賢者の議定書』という悪名高い本で有名になった根も葉もない虚言であろう。それは口から口へと伝わり、無実の人びとを罪人とし、迫害も陰謀も、組織的な強奪も、あわれな無数の無辜の人たちの殺害も正当化した。集団殺戮という考えはどんな想像力もおよばないことだった。

このことを扱った『最後の夜の列車』を書くまえに幾度か訪れたアウシュヴィッツで、わたしは、徴発から出発、到着、すばやい選別、ガス室、焼却炉と灰の処理などの取り扱い手順を頭のなかで再構成してみた。すべてはあまりにもよく組織化され、ほとんど自動的に動いているかのようだった。

かつて疑問に思い、いまもそう思っているのは、それらの人目に触れない、大量虐殺のためによく組織化された収容所で起こっていたことを世界のだれが知っていただろうかということだ。

奇跡的にアウシュヴィッツから逃げたふたりの少年が、教皇ピウス一二世のもとに真実を語るために駆けこんだという話がある。だがその話は真に受けられなかった。ともかくだれひとり生きて収容所から出られないのだ、だからそんなニュースが広まることはありえないと。それでもナチのだれかが、収容所のはずれに立ち並ぶ住宅のなかで、夜、人肉の焼ける臭いがしたときに、妻にそのことを漏らしたことはなかったのだろうか？　それらのSSが収容所の外の同僚にひと言もささやかず、情報を漏らさないほど守りが固かったなどということがありうるだろうか？彼らがふと反省し後悔することもなかったなどと言えるだろうか？

だがドイツ民族固有の規律の意識はどんな疑念も黙らせるほど強力なことはよく知られている。軍人、とくにSSの大半にとって、上からの命令は、どんなに恐ろしく犯罪的でも、議論などできなかった。命令は命令だ、親愛なる兵士よ、きみは祖国のためにそれに従わなくてはならない、もしも従わなければ、きみは裏切り者であり、落伍者であり、きみの同胞を、きみの政治家を、きみの祖国を愛していないことになる。その上、これらの理由づけを盾にして、戦後、SSの上層部の面々がおぞましい彼らの行為を正当化するために身を隠した。「それは上からの命令だった、従わなければわれわれは殺されただろう」と。だがそれが真実でないことは明らかになっている。死刑執行人になることを拒否したSSが何人かおり、彼らは殺されずに役職を解かれただけだから。ともあれ一日中死刑執行人としてはたらくにはサディズムのような性向も必要であり、囚人のなかでももっとも凶悪な殺人犯のなかから選ばれたことが知られている。殺すのが好きなら来い、たっぷりやらせてやる、その手段も教えてやる、おまけに大量殺戮の正当化もしてやる、楽しめ、褒美もでるぞ。

ほかにわたしが発見したことは、それまで知らなかったのだが、強制収容所でドイツ人のカトリック聖職者が数十人殺されていたことだ。多くはミュンヘンから十数キロはなれたダッハウに隔離された。一九三八年から一九四五年のあいだに二五七九人のカトリックの神父、神学生、修道士が、一四一人のプロテスタント牧師とギリシャ正教の聖職者が追放された。そのうち一〇三四人が強制収容所で死んでいる。この数字はパリのタランディエ社刊、ギヨーム・ゼレル著『聖職者たちのバラック、ダッハウ、一九三八―一九四五』に載っている。ドイツ、オーストリア、チェコスロヴァキア、ポーランド、ベルギー、オランダ、ルクセンブルク、フランス、イタリアなどヨーロッパ全土から連行された聖職者たちだ。

ある者は安楽死計画に反対したため、ある者はレジスタンス闘士ゆえ、ある者は単純に人種偏見に反対したために収容された。

プリーモ・レーヴィが自著で、死を宣告されたこれらの聖職者たちの気高さと道義性の高さにいかに驚いたかと書いているのを読んで、わたしも驚いた記憶がある。興味深いのはガブリエル・ピゲ司教の場合で、彼はペタン元帥の支持者で一九四〇年から四四年までヴィシー政権のために尽くしたが、多くのユダヤ人を匿(かくま)って助けた廉(かど)でダッハウに送られた。教皇ベネディクト一六世と教皇フランシスコの意向で、強制収容所で死んだ五六人の聖職者が福者の列に加えられた。

どれだけの人が知っていただろうかというわたしの疑問に答えるのはむずかしいけれども、たしかに、そのことが話題になるのを耳にしたとしても、当の政府が劣等人種とみなし、そのために国にとって危険な敵だとされた女性、子どもをふくむ数百万人もの罪のない市民を絶滅させようと躍起になったなどとはほとんど信じられないことだ。またそう考えることだけでもむずかしく、多くのドイツ人はそんなことを信じなかったのだ、とくにユダヤ系のドイツ人は。

確実に考えられるのは、連行されて収容所に送られたユダヤ人の資産を手に入れた家族の多くが何かしら察していただろうことだ。彼らがそれらの収容所がたんに一時的なもので最終的なものではないと考えたなら、どうして自分が、政府に笑顔をふりまいて手に入れた家の主人だと考えるにいたったのだろうか？　ほとんどの場合、それらの絨毯や毛布、絵画、アンティークやモダンな家具など生活に必要なすべてがととのった家の所有者となったのはナチに忠実な共犯者たちだ。元の所有者を排除したのでなければ、彼らはどうやって所有者となったのだろうか？

こんなふうに考えをおし進めてゆくと、多くの人が知っていて沈黙したのだろうとみなすことができる。お金と所有物はつねに、書類に記載されていない何ごとかを明らかにするものだ。ガス室から出された死体から抜いた金歯をうけとった者が疑問をいだかなかったことなどありえるだろうか？　収容所ではたらいていたのではない人たちだったとはいえ、金歯を受けとってそれをインゴットに加工した人たちは、それらの歯の出所になんの疑惑もいだかなかったのだろうか？　金歯は生きている人間からは抜かないと思いもしなかったのだろうか？　そして多くの男女が指にはめている、これも金の指輪や、警備員たちが見落とした金のチェーンなどはどこへ行ったのだろうか？　そしてそれを受けとった人たちは、それがいまやいなくなっただれかのものではないかと疑いもしなかったのだろうか？

ナチが仕掛けた芝居はじつに悪魔的なものだった。到着する列車のかたわらに病人を看護すると思わせるための救急車が置かれた。病人が看護されるのなら、つまりは殺されないということだ、と新たに到着した人たちは思った。それでも煙突から出て、死体の臭いのするあの煙は、思いがけない風の吹きぐあいで収容所近くのどこかの家にとどいたこともあったはずだ。そのとき人びとは、人が収容されている場所で休みなく燃やされているのは何だと考えたのだろう？　ゴミや紙だけだと考えたのだろうか？

そして列車から降ろされたあの人たちはみなどこへ行ったのだろうか？　百ほどのバラックしかない収容所に何千、何万人もの人たちを収容できるのだろうか？　そしてガス室に入るときに子どもたちが脱がされたコートや帽子、靴などはどこへ行ったのだろうか？　それらも焼かれたのだろうか？　だが焼却炉がやすみなく人間の肉体を焼きつづけ、ときには詰めこみすぎて止まってしまったほどだったのだから、新たに到着した人たちの衣服や靴まで焼く時間やその可能性などあっただろうか？

アウシュヴィッツを訪れて、いくつかの広い部屋の真ん中のガラスケースのなかに、それぞれ山積みになっている靴やトランク、毛髪などを目の前にして、わたしは信じられない思いで足をとめた。だがたとえばそれらの靴は毎日死んでいった人たちが脱がされた何百万もの靴のほんの一部にすぎない。あとの靴はどこへ行ったのだろう？　現在のイタリアにあるような、薄汚いバラックで古着や中古品が転売される市場がドイツやポーランドの町にあったのだろうか？　それらの子ども服や靴や帽子やコートなどがどこからきたのか、だれも疑問に思わなかったのだろうか？　なかには襟もとに小さな星が縫いつけられているのがうっかり見落とされたものもあっただろう。そしてそれらを見ても、なんの好奇心もかき立てられなかったのだろうか？　だが好奇心は危険なのだ、独裁国家の国民はそれがよくわかっている、顔をそむけ、口を閉ざさなければならないのだ。なにやら不安をかきたてるしるしにぶち当たったポーランド人やドイツ人がしたのはそういうことではないだろうか？

わたしはトランクを見るといつも心ゆさぶられてしまう。アウシュヴィッツは他の収容所にくらべて保存状態がよく、ボール紙や革のトランクが山と積まれ、ダンツィヒ、トリーノ、リスボン、ローマ、ベルリン、パリなどの魅力的な外国の都市名のかたわらに、ドイツ語やスペイン語、フランス語、イタリア語などの名前が書かれた名札がついている。空っぽにされ埃にまみれて積みあげられているたくさんのトランク。色あせたものや名札のないものもある。だがそれらは国を追われた人たちが出発しようとしている旅に寄せた信頼の証人であり、だからこそ心ゆさぶられるのだ。家畜列車で、すわることもできず、みなの前で用を足さなくてはならず、きっと不便だろう、喉がかわくし腹もすくだろうが、すくなくとも、何日かの旅で収容所に着く。そこでこのトランクをあけて、汚れたシャツを着がえて温かい食事にありつけるだろう。野良仕事やトイレ掃除もさせられるだろうが、うまく動きまわってやる、どんなに苦労しても、なんとか生きのびてやる。そんな思いが、ナチが虐殺の現実を隠蔽するために持参をゆるした、多くの追放者たちのわずかな、ささやかな宝ものがつまっていたそれらのトランクの背後にあるのだ。

これらのことはみな絶滅収容所の残骸を訪れて学んだ。ナチの策謀の狡知は底知らずだ。なぜ自国に死のエリアをつくる必要がある？　なぜドイツ人のあいだに不安や疑惑をかきたてる必要がある？　よきドイツ人たちは鉄のかんぬきで封印された車両に人をつめこんだ列車が通過するのを見ても、乗っているのは祖国の裏切り者、労働収容所に送られる犯罪者だと教えこまれていた。そして人びとはそれを信じた。そのためにポーランドのような外国の領土が優先された。

全体主義のシステムはつねによく組織されている、とくに情報に関するそれは。反対派の新聞はすべて封じられた。ラジオは国営で、きびしくコントロールされた。だれもあえて不都合な質問を発しなかったのだろう。だれもあえて批判しなかったのだろう、あるいは問いかけることすらしなかったのだろう、一時間ごとに通過し、人をつめこんで、ヨーロッパ全土からやってくるあれらの列車はどこへ行くのだろう？　と。

11

わたしはナチの強制収容所がどのように機能していたかについて知りつくしたと思ったことがない。祖国の敵とみなした人たちをなぜ監禁して隔離するだけにとどめなかったのだろうか？なぜ根絶しようとしたのだろうか？　世界じゅうから殺人国家とみなされるとは考えなかったのだろうか？　あの狂気の犯罪はどこから生まれたのだろうか？　気がつくとわたしは、わたしの時代でもあったひとつの時代の記憶と比べていた。その記憶はそれまで文明と文化のモデルであった国々を人種的憎悪の雲でおおってしまった。どうしてそんなことが起こりえたのだろうか？訓練されたかろやかな指のかなでるバッハやモーツァルトのすばらしいアリアがどうやって、飢えと苦痛でもうろうとした目や労役でそこなわれた手で壊れかけた楽器を弾く縞模様のシャツとズボンの囚人たちのオーケストラへと移行できたのだろうか？　そんなことがどうして可能だったのだろうか？

それをさらによく理解するためにわたしは『ノルマ44』という戯曲を書いた。ナチの強制収容所に、オペラ『ノルマ』で歌っていたふたりのユダヤ系イタリア人の女性歌手が到着する。収容所の隊長のひとりが音楽好きでとくにオペラ・ファンだ。そこで隊長はふたりの女性にむりやりノルマとアダルジーザのアリアを歌わせ、バリトンの声が自慢の彼は、ガリアのふたりの巫女を幽閉して先にひとりの巫女を、次にもうひとりを愛するローマ総督ポッリオーネの役を演ずる。

音楽と隊長の情熱ゆえに死をまぬがれたふたりのイタリア人歌手も、美男の敵将に恋してしまうという事態になる。この愛から息子が生まれ、彼は最後の悲劇の場面で、まさにベッリーニのオペラで起こるように、もうひとりの女性と固い連帯のきずなでむすばれた女性に助けられる。ベッリーニのオペラのドラマティックなできごとは古代ローマ時代に展開したが、わたしの戯曲では一九四四年のナチの絶滅収容所が舞台である。初演はソフィア・スカンドゥッラの演出で、わたしたちはアルゼンチンにも行き、そこでエウジェニオ・バルバとちょっとした友人となり、会うたびに友情をふかめている。再演はステーファノ・マッシーニの演出でふたりのプロの歌手が演じ、二年まえにはアメリカのカレッジで学生たちが演じた。

音楽にはこのように絶対的な悪の割れ目にまで浸透して休息や愛を与える力があるのだろうか？　これまで収容所での音楽について読んだことから、わたしはイエスと言いたい。わたしたちの日本の強制収容所にもときには音楽が入ってきた。楽器はなく、だれも楽器を弾けなかったけれど、歌うことはできて、いくつかの山の歌を父が調子をかえて歌っていたのを記憶している。

母はシチーリアの歌を教えてくれた。「首さらしの塔にしゃれこうべを見た、ふしぎだったので、わけを知りたくなった……」とか「きみに別れの挨拶をして、ぼくは行く、またいつか会えるだろうか……」というとてもメランコリックで美しい歌などだった。

愛の歌は、もっとメランコリックでノスタルジアを誘う歌に場所をゆずってわきに寄せられていた。あのころはみなそんな気分だったから。イタリアとイタリアの食事にたいするノスタルジアで、食事のことをくり返し話しているうちにおとぎ話めいた夢になってしまい、それは今でもわたしにつきまとっている。お菓子がいっぱい飾られているウィンドーが目につくと、立ち止まって、うっとり見入ってしまう。わたしは別に大食漢でもくいしん坊でもないから、目で貪るだけだけれど、まさに飢えた人が自分では味わえないごちそうを食い入るように眺めるのと同じだ。

父は、山で瀕死の負傷をした隊長が、死ぬ前に話しておきたいことがあるからと部下のアルプス山岳兵を呼ぶあまりに悲しい歌がとくに好きだった。

山岳兵たちは「歩くにも靴がありません」と隊長に使いを送った。だが隊長は言いはった。

「靴があろうとなかろうと、わが山岳兵たちにここに来てもらいたい」。山岳兵たちはむろん靴をはかずに駆けつけ、隊長に何がご希望ですかと訊ねた。彼は、自分は傷をおって死んでゆくから靴がとどくまで待っていられなかった、自分が死んだら身体を五つに切断してくれと頼んだ（父は、この死体の切断があまりに残酷にならないように、わたしたちには隊長が自分の想像の心臓ラと花でおおわれるように……」

が、つまり精神が五つに分けられるよう頼んだと歌った)。「最初のそれはわが祖国に/ふたつ目は大隊に、隊長をおぼえていてくれるように/三つ目はわが母に、息子をおぼえていてくれるように/四つ目はわが妻に、彼女の初恋をおぼえていてくれるように/最後のそれはこの山に、バラと花でおおわれるように……」

また今でも、カニーノ山〔第一次世界大戦でオーストリア軍と戦ったジュリア山脈の山〕の歌をほとんど自分のためだけのように歌っていた、疲労と栄養不足で嗄れきったフォスコの声が思い出される。「鉄道で三日、そしてさらに二日歩いて/ぼくらはカニーノ山に着いた/そして青空のもと、休憩だ/腹がすいてるなら、遠くを眺めろ/喉が渇いたら、コップをもて、雪が見つかるから/もう毛布もない、猛禽の声が聞こえるだけ……」。この歌はわたしたちの状況にぴったりだと思った。お腹がすいたら、ただひとつの解決策は遠くを眺めて戦争が終わるなにかの兆しに希望を託すことだった。喉が渇けば小川の水を飲めた、ゴミも捨てられる小川だけれど。

猛禽はいなかったけれど、田んぼからのぼってきて床の穴から入ってくる蛇はたくさんいた。それらはときに大歓迎されることもあった、収容所の若者組が捕獲のエキスパートになっていたから。殺して皮を剝ぎ、茹でたりして食べた。飢えた二年間の唯一の肉だった。まるで豚のもも肉ででもあるかのように念入りにひと口大に切った蛇の泥臭い味をおぼえている。

音楽と詩には現実の痛みをやわらげてくれる力がある。父の葬式で——でもあんなに愛された父が死んでしまうとは！——イタリア山岳クラブ・フィレンツェ支部の山岳兵たちが彼のために「山頂の主」を歌ったとき、わたしは涙を抑えることができなかった……

死者となった父の姿は琥珀に閉ざされた花のようにわたしの目の奥から出ていかない。収容所の記憶はいまや遠く、父はやさしい新しい日本人の妻ミエコとフィレンツェに、わたしはローマに住んでいた。電話が鳴って、すぐにフィレンツェに駆けつけた。彼はガビネット・ヴィユスー〔フィレンツェにある図書館。フォスコのアジア関連蔵書と写真アーカイヴが寄贈された〕のテーブルの上に白いテーブルクロスにおおわれて横たわっていた。でもそれは彼ではなかった。

あの動かない肉体はだれ？　それがいつも身軽で、生きていることがうれしく、いつも動いていた男性の肉体でなど絶対にありえないのはわかっていた。それが彼とは認められず、蝶が蛹を残して羽ばたいて飛び立つように、彼は殻を遺していったのだと感じていた。父はわたしたちに洋服ダンスから出した服のように冬のにおいを残している冷たく動かない肉体を手わたしたのだ。

彼はほかのところにいる、とわたしはとつぜん、時間は過去・現在・未来と垂直にのびているのではなく、循環して進み、存在することをやめたその同じときに存在するのだと感じた。いったいどうしてわたしは彼がドアの近くに、半開きの口の端に抜け目のない微笑みをうかべて立っているのが見えたのだろう？　どうして白いシャツの襟もとをあけた彼が壁にもたれて、それからいつものようにかろやかにきびきびと歩いて遠ざかっていくのが見えたのだろう？　どうして彼はわたしになにも語りかけてくれなかったのだろう？　わたしたちが名古屋の収容所にいたときに祖母ヨーイが死んで、彼には母親の声が聞こえたように、どうしてわたしを呼ぶ彼の声がわたしに聞こえなかったのだろう？

岸壁で、愛する息子を乗せて遠ざかってゆく船を眺めながらハンカチを振っていたという祖母の後ろ姿を思い描いてみる。ふたりは死ぬ前にもう少しいっしょに暮らそうと約束していたのに、それはかなわなかった。祖母はある日、フィレンツェの家の庭で死んだ。オリーヴの木とバラ園のあいだで倒れて、もどってこないので探しに出た祖父が見つけるまで倒れていた。その日父は「フォスコ！」と呼ぶ母親の声を聞いた。そこで彼は答えた。「行くよ、行くから待ってて、この呪われた戦争が終わったらすぐにまた抱きあえるよ」。だが彼女は息子から遠くはなれてひとりで死に、息子のほうは何日も何日も胸がふさぎ、苦しかった。同じようにわたしも、父が死んだとき遠くはなれていて、手を握っていることができなかった、母のときはできたのだったが。

年をとると心は墓場になる。あれらの小さないたましいお墓はなにも言わない。わたしは墓地に行くのが嫌いだ。だがわたしのパートナーだったジュゼッペの母、やさしいカテリーナは、白血病で若くして死んだ息子と毎日話をしにゆく、いつも生花を携えて。彼が母親の声を聞いているかのように話しかけ、彼の肉体は死んだけれど魂は生きていてそのお墓の底で彼女の声を聞いていると信じている。わたしは彼の歌をうたったり、彼の芝居の写真を眺めたり、彼の名を冠した賞の計画をしたりして彼を思い出すほうが好きだ。

日本はわたしにこれと同じようなことを教えた。死んだ人とお話をするのよ、おそろしい幽霊だとこわがらないでね、西洋の多くの絵にあるような首に牙をさして血を吸う吸血鬼だと考えてはだめよ、と。

自分は日本人だと思っていた女の子にとって、死は慈愛にあふれた姿で、すみかである靄がかった天の草原から眺め、判断し、助言を与えてくれる友だちだった。それがいつも死者と生者が複雑で奥深い対話をする能の舞台で繰りひろげられることなのだ。

12

囚われ人たちはいつしか、警官たちの策略、わたしたちの尊厳と連帯感をうち砕いて、自覚した知識人という誇りを幼稚な怒りまかせの隷属状態に変えてしまおうとする策略に屈服しかけていた。そのために口論が絶えなくなった。父と母がその話をしていた。わたしは、お腹が痛いのが治まらず、悲しくぐったりして夜も寝つけないまま目をひらいているときにそのひそひそ話を聞いていた。真夜中のそのひそひそ話から、真っ先にそれを言い出したのは母だと思うけれど、ハンガー・ストライキの案がもちあがった。でもどうやって？　もう半分死にかけているのに、どうやって？　それでもなにか考えださなくちゃ、それが収容所の外にも知らせるただひとつの方法なのだから。

実際、他の多くの場合もそうだったが、母の言うとおりだった。警官たちは、見逃されてはいたけれど、横流しをつづけていることを後ろめたく思い、むろんそれを明かさなかったものの、中央官庁や政府にどんなかたちであれ通報されないかとびくついていたから。彼らにとって肝心なのは、わたしたちが沈黙を守り、継続的な虐待に甘んじて口をつぐむことだった。粕谷が外部からの訪問や視察にいかに対処しているかを見れば、それだけで真実が漏れるのをどんなに恐れているかがわかった。わたしたちを管理する軍人と県の警察官がグルであることは明らかだったけれども。

「名古屋の警察署がなによりも避けたいのは、天白のことが『知られる』ことだ」とフォスコは書いている。「国際赤十字社の苦悩（アンゴーシャ）氏が証言したように、すべてが完璧に進行していると東京に伝わらなくてはならなかった。そうしてこそ、世紀の大盤振る舞いとも定義できる《小さな教会》の完全搾取、名古屋ケイサツショのトップたち、その部下たち、そのまた部下たちのあいだで、当時不足していた食料を強奪して分けあうことができたのだ。東京から調査が命じられたりしたらお陀仏だったただろう！」

フォスコとトパーツィアはハンガー・ストライキの案を投票にかけ、賛成多数を得た。健康上の理由でときどき家から食品や薬が送られるのを許されていたお年寄りだけが反対した。彼らはその後の食料制限を恐れたのであり、事実そうなったけれど、それはストライキのせいではなく、日本軍がまたもや敗退したからだった。こうして、ある朝フォスコは粕谷閣下に、収容者一同はハンストに入ることに決めましたと告げた。父は粕谷が動じることなく、悪意ある笑みを浮かべて「ヨシ、イマニコウカイスルゾ」と答えたと記している。

翌朝、収容所に武装兵士の一隊がやってきた。ふだんは静かな中庭の地面を行進する軍靴の音がいまでも耳に残っている。いつも警官たちは足音が聞こえないように、こちらの不意をついて背後から飛び出せるように、軽い靴を履いていた。いつも動きがはやく、注意をこらし、罰し、あざ笑っていた。

分遣隊隊長の安曇(あずみ)氏は収容者全員を集めて、抗議するとは恥を知れ、日本政府がおまえらにしてやっていることを考えろ、おまえらを銃殺せずにこちらの費用で生かしてやっていることをありがたく思え、と罵倒し、どなりだした。それから、どなるのに疲れたのか、うんざりしたように捨て台詞を吐いた。「ともあれ、おまえらイタリア人が嘘つきで裏切り者、卑怯者であることは周知の事実だ！　おまえらはなんの値打ちもない」

このとき、場合によって激昂することのあるフォスコが、沈黙に徹するという鉄則をやぶって叫んだ。娘たちが餓死しかけているんだ、娘たちは食べものを与えられる権利がある、収容者はまるで動物扱いだ！　安曇氏は呆気にとられて彼を見た。このバカなイタリア人の若造の言いぐさはなんだ！　わたしは母にしがみついていた。日本人が怒って、ギリ（義理）、すなわち高名な女性人類学者の言う自分の威信、それが傷つけられたと感じると刀を抜いて心臓に突き立てることを知っていたから。

みなは、安曇が腰に差している刀を抜く代わりにピストルを構えるだろう、あるいは警棒で殴るだろうと思った。だがフォスコのほうが早かった。すばやく冷静に、地面に置いてあった斧をとり、薪割りをしていた木の切り株に片手を乗せると、「ぼくらイタリア人は卑怯者でも裏切り者でもない！」と叫んで指を切断し、それを粕谷に投げつけてその純白の制服を血まみれにしたのだ。わたしは叫び声をあげ、妹たちは泣きだした。血が吹きだすのを見て母は卒倒した。だれもこんな行為を想像しておらず、たちまち警官や軍人たちが大騒ぎをはじめた。どなり、蹴とばし、拳をつき、罵倒し、冒瀆のことばを吐き、そのなかで父は噴出する血をハンカチで止めようとしていた。

このことをいまイタリアで話すと、フォスコは逆上してこの行為におよんだと思われるかもしれない。だがそうではない。彼は日本の文化をよく知り、厳格きわまる名誉の掟をもつ戦士であるサムライの古い文化にも通じていた。絶対的で厳格な義務感は君主への忠誠、名誉観、ギリ、つまりルース・ベネディクトが著書『菊と刀』で述べている「もっともむずかしい返済すべき義務」を守ることなのだ。

ギリは道徳的義務である。それが果たされない場合、サムライが名誉を回復できるのは自死だけである。「『義理』は、日本が中国の儒教から得たものでもなければ、東洋の仏教から得たものでもない。それは日本独特の範疇である」とアメリカの女性人類学者はつづけて言う。「『義理』は二つの全く異なる部類に分けられる。私が『世間に対する義理』と呼ぶところのものは、同輩に『恩』を返す義務であり、名に対する義理と呼ぶのは、自分の名と名声とを他人からそしりを受けて汚さないようにする義務である」

フォスコは自分にむけられた侮辱に応えて、自分とイタリアの名誉にたいするギリを果たしたのだ。警官たちは予想もしていなかった事態に、その場では混乱したまま、本能的な怒りで応えた。だが昔ながらの表現法が軍人魂に語りかけたのはまちがいない。事実、病院へ行き、数日収監され、政治的陰謀の共犯者とみなされた収容者数人がきびしく尋問されたあと、ある朝、メスの山羊をお土産にみな収容所にもどってきたから。白いふさふさのあごひげに黄色い目、よく動く耳をもつ小さな動物は、さいわい栄養状態がよく、一日に二〇〇グラムほどの乳を搾れた。その濃くて蛋白質たっぷりのお乳がわたしたちの命を救った。

もっとひどい目にあったのがビーノ・ピアチェンティーニとベンチヴェンニで、ふたりはご飯と水だけでねずみとノミだらけの独房に数週間も監禁された。フォスコは縫合しても傷口からの出血がおさまらず、妻と娘たちのいる収容所にもどる許可をえた。理由はわからないが、それとも事件にドラマティックで政治的な意味をもたせようとしたのか、警官たちは、明らかに反日のスパイ活動とつながりのある謀略だと言いはった。

事実は、わたしたちは知らなかったけれども、ミッドウェー諸島での日本軍の最初の大敗戦で、連合軍が「太平洋での支配権をとりもどしたことにある」とフォスコは書いている。「一九四四年はクエジェリン島占領とともにはじまり、その少しあとにエニウェトク環礁を奪取した。これらの前衛基地からマリアナ諸島にはげしい攻撃が始まった。サイパンが六月一五日に陥落、グアムは七月二一日、テニアンが同月二四日に陥落〔フォスコが「陥落」と書いているのは、米軍上陸であり、それぞれの陥落はサイパンが七月九日、グアムが八月一〇日、テニアンが八月三日である〕」

これらの敗戦のあとに多くの自殺者が出た。アメリカ兵の手に落ちるよりはと、多くの島民が海に身を投げたのだ。国のプロパガンダがアメリカ軍の侵攻によるおそろしさを吹聴し、アメリカ兵を凶暴な殺人者と書き立てていた。彼らは組織的に強姦や強奪に手を染め、男を串刺しにし、女を凌辱したあとに殺す、戦闘の盾にするために子どもたちをさらうなどなど。

それに反対する声がなかったので、人びとはこんな妄言を信じ、恐怖のあまり、多くの人たちがそんな殺人者や拷問者の手に落ちるよりはと死を選んだ。占領後数か月たってようやく、アメリカ兵は若い女性たちに言い寄って、チョコレートやビールをふるまっては笑ったり踊ったり食べたりしたいだけなのだとわかったとき、人びとは態度を改めた。だが天皇への信頼が功を奏したのもたしかだ。「日本人は天皇を絶対的に信頼し、天皇が占領者に礼儀正しく穏やかに接するようにと言ったので、そうした」とルース・ベネディクトが書いているように。

空襲は日増しにはげしくなった。わたしは空襲警報につづく爆音にほぼ慣れっこになっていた。毎日毎日つづいた地震よりはましだった。爆弾はサイレンが鳴ってから落ちるけれど地震はそうではなかったから。一九四四年一二月一三日のひどく長くてはげしい、すさまじい空襲のことをまだおぼえている。「近くの三菱の飛行機工場を爆撃しにくるんだ」とフォスコが説明した。まだなにも見えなくても、飛行機の爆音が聞こえた。いつになく数が多かった。

「有名なB29だよ」と父が教えてくれた。「どんなにすごいか、見ただろう? ぼくらを解放してくれるだろう」。みなそれを望んだ。その爆弾に当たって死ぬ恐怖と、それらがどんどん爆弾を落として、それとともにわたしたちの監禁状態と戦争が終わるという希望に引き裂かれながら。

「海岸と海、空、そして山々という広大無辺の視界のうちに展開するそのスペクタルの荘厳さ、さらに、かつて人がそれぞれ嵐や異様な稲妻、雪崩、洪水、隕石、彗星、はげしい疾風などの驚天動地の自然現象にむすびつけていた恐ろしい、死にいたる力の表現。そしてさらに収容者たちそれぞれの運命がつながっている者たちのぼんやりとなぞめいた接近の気配があった」。わたしたちはフォスコが《白い辺獄》と呼ぶものの真っただ中にいた。その辺獄は何をもたらすのだろうか？　哀れな囚人への報復？　すみやかな、有無をいわせぬ殺戮？　それとももっと安全な場所への移送？

わたしたちはその光と爆発の大スペクタクルに目がくらみながらも見とれてもいた。でも口をポカンとあけて空を見てばかりいられたのではない。収容所の若手たちが台所の裏に掘ったわたしたち専用の唯一の防空壕に走って、頭上を飛びかう爆弾の破片を見たり、家々を焼く炎の音を聞いたりしなければならなかった。戦後になってようやく、父が名古屋上空を飛行したパイロットのひとりを知って、名古屋市の南部にはヨーロッパの政治犯が収容されている収容所がいくつかあると言われていたから爆撃しなかったということを知った。やれやれ！　爆弾は、周知のように、それほど正確でなく、風が数百メートルずれただけで、予定にない対象に当たってしまうこともあるのだから。

13

妹のトーニは母に捧げた著書のなかで、母の日記が四四年で終わっていることから、収容所生活の二年目にはどんなことがあったのかと訊いている。母が書くのをやめたのは収容所でのノートとたった一本の鉛筆が尽きたからだということをわたしたちは知っている。でも紙切れ一枚も警官に求められず、鉛筆一本、ペン一本も見つけられなかったのだろうか？　母は、そうよ、ノートが終わったから、書くのをやめたの、と答えている。手紙を受けとるのが禁じられていたように、書くことも禁じられていたから、警官に紙やペンを頼むなんてとてもできなかったわ。事実、彼女はいつもノートを隠れて使っていた。収容所ではなにもかもが禁じられていたのだ。手紙を書くなど論外だし、最初のころに政府のプロパガンダ紙をいくつか読んだだけで、新聞を読むのも禁じられていた。手紙がとどいても没収されてついに手わたされず、雑誌も本も同じだった。一度本の小包みがとどき、読む許可を与えたくせに、暗くなってからという。つまり起きているのが禁じられている時間帯にだけ許すというのだ。ばかげた残忍なことをして楽しんでいたのだ。

「でもたぶんわたしはもうなんの意欲もなくなっていたのでしょうね」と母はつづける。「わたしたちはあの四四年から四五年にかけての恐ろしい冬の数か月間、飢えと寒さと雪でもうへとへとだった、寒い寒い一月、氷点下の二月。戦争は日本を破壊しようとしていた。それだけじゃない、つぎつぎと地震が起こって、その年の一二月がその頂点だった。そのとき、トーニ、あなたが階段から転がりかけたの……地面が割れるのを見るなんて、ほんとうにぞっとした。それなのに馬鹿みたいに大笑いしたこともあったわ」

トーニはその話をしてと母にせがむ。そこで母がそれを聞きいれてやる。「あなたも知っているはずだけれど、思い出せないのね。地震のたびにみんなのパスポートやけがをしたときに最小限必要なものなどの貴重品をハンドバッグぐらいの小型の鞄にいれて逃げるの。なかでもひどかったある晩――雪が降って寒くて、地震のためにもう何日もおちおち眠れなかった――みんな緊張と寒さと空腹のせいで精根つきはてていた。地面がまた揺れだしたの。揺れて、大きな割れ目ができた。火事も空襲もいっしょだったから、いままでのどの地震よりもこわかった」

「その地震で名古屋でたくさんの人が死んだわ。大惨事よ。強風で家がグラグラして、倒れるかと思った。ガラスがこなごなに割れたわ。みんな外に走り出た。すごい地鳴りがして、近くの火事が見えた。それから空襲を告げる警報が鳴ったの。もう限界だった。そのときフォスコと目があったの。わたしはその場に棒立ちになって、鞄をかかえていた。どこに逃げたらいいかぜんぜんわからなかったの。この世の終わりだった、身動きできなくて、鞄をかかえて立っていたの。彼がわたしを見て、わたしも彼を見た。そしてふいにふたりとも笑いだしたの、笑って、笑って、もうどうしても止まらなかった」

二歳の妹は足をすべらせて転がり落ちそうになった。母が片方の足首をつかまえて、助かったけれど、間一髪だった。実際、あんな揺れのなかで立っているのは至難のわざだった。あの地震のことはわたしもよくおぼえている、忘れられるものではない。なにもかもがグラグラ踊って立っておられず、階段にすわったまま一段ずつすべりおりた記憶がある。そのうえさらに、はだしの足が地面についたと思ったら、少し先の地面が割れるのが見えたのだ。その深い裂け目に呑みこまれそうな恐ろしさは爆弾以上だった。

空襲と地震が同時ではとても耐えられるものでない。いまでも、少しでも揺れを感じると身体がこわばって警戒してしまう。すぐに立ちあがって、急いで外に出ようとする。二〇〇九年のラクィラ地震のとき、わたしはローマの家で寝ていた。ベッドが揺れているのがわかった。すぐに上を見て、天井から下がっている電灯を見た。揺れていた。ドアに駆けつけた。でもパジャマ姿で、寒さのなか道路に出るまで八階の階段を走るのかという思いに引きとめられた。戸口のアーチの下で待った。揺れがおさまったと納得したところでベッドにもどった。でも二度と眠れなかった。そのときもあの四四年の呪うべき地震と、目を大きく見ひらいて父を見ながら、どこへ逃げたらいいかわからないまま絶望して鞄をかかえ、寒さと恐怖に立ちつくしたまま、それから笑いだしたという母のことばがどっと押しよせてきた。グロテスクな場景が一瞬、悲劇にうち勝った。

その大地震の日から空襲もはげしさを増した。二月、三月の大空襲までつづいた。わたしは飛行機とその装置のエキスパートになった。空を飛ぶそれらの鉄の鳥たちがお腹をひらいて、そこから太陽の光をあびてキラキラ光るたくさんの邪悪な卵のような爆弾を落とすのを眺めて、どこに落ちるのか当てようとしていた。それらがまっすぐ垂直にではなく、わずかに斜めにずれた弾道をえがいて落ちてきて、最後には収容所から数百メートルのところに到達することを知っていた。そのときになって、防空壕、といっても地面を掘っただけの溝に駆けこんだ。

その溝は消耗しきったあわれな囚人たちがつるはしとシャベルでやっと掘ったものだ。掘った壁の内側にくり返し少しずつ掘った痕跡が残っていた。脚気と壊血病で体力がなくなったフォスコをはじめ、あわれな若者組にとってどんなにつらい作業だったか、わたしはわかっていた。彼らが粕谷のきびしくせせら笑う目のまえで掘っていたのを見ていたから。痩せて顔面蒼白、強がってみせるけれど汗みどろで、明らかに、切断した指がまだ痛かったはずの父の姿をおぼえている。栄養不足のために傷口がなかなかふさがらないのだ。母が愛情こめて当てたつぎはぎだらけのぼろズボンに何度も洗ってすり切れたシャツという姿で、そのシャツはあばら骨が丸見えの凹んだ胸の上でますますぶかぶかになっていった。

トパーツィアははたらき者で、いっこうに引かない脚の痛みや、くるぶしやふくらはぎが浮腫でむくんでいるにもかかわらず、目に点々が見えて、視界がぼやけているにもかかわらず、つらい吐き気にもかかわらず、縫い物をしてそれらをまぎらわせようとした。母親ゆずりのラパン

（どこにでもある兎だけれど、フランス語で言うとなんとなく野生動物を連想させた）の毛皮のコートをほどいて、わたしたちを寒さから守ってくれたベスト三着に縫いなおした。収容所に暖房はなく、冬の数か月は室温が氷点下四度にまでなった。事実、母は言ったものだ、寝るときは服を脱がないで、「コートを着るのよ」と。

でも母はいったいいつから、なぜ共同体のために縫い物をするようになったのだろう？　ある朝、最高齢のデンティチという人が靴下を修理してもらえないかと二枚のボロ布ともまがう靴下をもってきた。みんな、《気の毒なトパーツィア》が縫い物が上手でおおらかなことを知っていた。母はその靴下はひどすぎて修理できないと言いかけた。でも痩せて、あまりの空腹のために目が落ちくぼみ、赤味がかった頬から白い毛がのびている彼を見て、「置いていってください、直しておきますから」と言った。
「靴下ははき古してボロボロ、穴だらけで汚かった」と母は書いている。「ひどい臭いがしたけれど、その人が気の毒になったの。洗濯をする石鹼もないのだし。わたしは自分たちの下着はシチーリア式に熱湯に灰をいれて洗った。一方で、縫い物はわたしを無にしてくれた、考えることをやめさせ、ぐあいが悪くて外に出たり階段を降りたりできないときの時間つぶしになったわ」。最後のころには評判がひろがって、ついにひとりの警官が制服のシャツの修理を頼みにきた。トパーツィアはとてもきれいに直してやったので、お返しにじゃがいもを二個もらい、家族全員で分けて食べた。それがきっかけになって他の警官たちも同じことを頼みにくるようになり、彼女は一ゴウ余分のお米や大根半分とかと交換するために縫ってやった。

アッシージの聖女キアーラ（クララ）について調べ物をしたとき、似たような状況に出会った。キアーラはくり返し断食をしたために痩せすぎて立っていられなくなった。そのうち両脚が麻痺してしまった。彼女も脚気にかかったのではないだろうか。ありうることだ。中世には多くの人がそれに苦しんでいた。だれもビタミンB_1の重要さを知らなかった。壊血病（ビタミンCの極端な不足による）と脚気は風土病と考えられていたが、まだ名前はついていなかった。キアーラはそれにかかっていたと考えられる。彼女は床に敷いた、詰め物のはいったマットレスにすわって縫い物をしていた、まさに母が収容所でそうしていたように。ちがいは？　キアーラは神への愛ゆえに苦しむことを選び、母は人種偏見の憎悪ゆえに余儀なくそうさせられた。それゆえキアーラは聖女となり、母は元収容者というだけなのだ。

キアーラは修道院に動物を入れないことにした。そのために、ほかの修道院でもわずかな肉や卵を修道女に食べさせるために飼っていたにわとりや豚や羊もいなくなった。キアーラは厳格だった。清貧の誓いを立て、農民がとどけてくれるわずかのパンやチコーリア、野草などしか食べてはならないのだった。農民からのとどけ物がないときは断食をした。困ったことに大きなねずみが修道院のなかをうろつくようになった。

ねずみたちは貪欲で攻撃的で、その場でつかまえて追い出しても、反撃に出て噛みつきかねなかった。そこでついにキアーラは修道院に動物を入れないという選択を修正して、とくにねずみ狩りが得意な大きな猫を受けいれることにした。猫がきてからねずみたちはすっかり慎重になり、近づいてこなくなった。

こんな話がある。ある日キアーラがいつものように床に敷いたマットレスにすわり、石の壁に背をもたれさせ、麻痺した脚をのばして縫い物をしていた。ふと糸がなくなったのに気づいて、大きな声で修道女たちを呼んだ。でも、みなミサに出ていてその声は聞こえなかった。そこでキアーラは猫にむかって、ほかの糸をとってきてと頼んだ。すると猫は、わかったとばかりにふさふさした尻尾を立て、ゆっくりほかの部屋のほうに歩いてゆき、糸巻をくわえてもどったのだ。これが聖女キアーラの奇跡のひとつである。

14

わたしたちの収容所の話にもどろう。ある日、老外交官の小型トランクの鍵で《小さな教会》にかけてある南京錠があくことがわかった。奇跡だ！　と叫び声があがった。だがいつどうやってその《小さな教会》に、見つからずに、近づけるか？　それにだれが、もしも見つかったら、まちがいなく銃殺もののそんな危険に身を捧げるか？　父とビーノ、ベンチヴェンニが名乗り出た。父は箒をもって見張り番になった。その箒で、もしも粕谷やほかの警官に見つかったら、ねずみを追いかけているふりをすることにした、その辺を、食べものにありつくためならばどんな悪さでもする巨大どぶねずみが動きまわっているのは周知のことだから。ほかのふたりがなかに入り、母が縫ったいくつかの袋に米をつめた。だが、気づかれるかもしれないから、つめすぎは禁物だ。そのために、重さを測るときも、物音や人の動きに注意するのも、どれもみな、完璧な静寂のうちにやりおえて、はだしで壁伝いにすり足で逃げなければならなかった。

一度だけ、母が楽しそうに話したのだが、干した豆を袋いっぱいにつめて、天井裏の、見えない角に隠したことがあった。ところが翌日、それを取りだすとき、袋が破れて豆がピョンピョン跳ねるような楽しい音をたてて転がりだしたのだ。ビーノとベンチヴェンニが急いで階下に駆けつけると、そこではフォスコが恐怖のあまり一歩も動けないで待っていた。豆の音を聞いたのはほぼ収容者たちだけだった、警官たちはラジオをつけていて、戦況の話をする司令官の声が豆の流れ出る音をかき消してくれた。飢えはみなの才知を研ぎすませたけれど、同時にさらなる危険を招きもした。

最初の年に、モラルをめぐる激論で、盗みはいけないと反対する人たちがいた。だが、プリーモ・レーヴィも書いているように、生きのびるための盗みは、とくに自分たちに権利があるものを横取りした者から盗むのは、これらの正直な若者たちにとって非難されることではないと思われた。「もしも話すことが許されていたら、わたしたちは自分たちの権利を説明していたわ。でもだれにむかって言えばいいの？」と母は言う。わたしたちに手を差しのべてくれるはずの人たちの訪問はなにひとつもたらさなかった。翌日、米のゴウがいくらか増えたけれど、またいつもの欠乏にもどった。まるで片意地はってわたしたちにやっと生きのびるだけの量を与えるという決まりを守ろうとしているようだった。でも病気に寄生虫まで加わって身体がますます衰弱し、抵抗力がなくなっているのだから、気管支炎やほかのなにかのウィルスひとつであの世行きなのだろうに。

「つまりわたしたちは苦しまなければならないけれど死んではならないという理屈よ」と、母は妹が書いた『トパーツィア・アッリアータの芸術と監禁の記録』というすばらしい本のなかで言っている。屈辱、苦しみ、忍耐がわたしたちの日々のパンだった。死の一歩手前の状態で、警官たちが勝つと信じていた戦争が終わるまで命を保っていなければならなかったのだ。戦争が終わってはじめて彼らはわたしたちを殺す許可を手にするのだろう。彼らはしょっちゅうそう言っていた。「おまえらの喉をかき切ってやる」とか「おまえらを銃殺にしてやる、裏切り者どもめ！」と。

わたしは恐怖のうちに生きていた。父はわたしたちを不安にさせないように、最後には人種偏見の独裁国家に民主勢力が勝つとよく話していたけれども、日本が戦争に勝つのか負けるのか、わたしはわからなかった。でも父がそう言うのはわたしたちを安心させるためだということはわかっており、粕谷やその仲間のヒトデナシの言うことを、頭の上につり下がっている重い石のように聞いていた。わたしの想像は駆けめぐり、はやくも妹たちが喉を切られるのが見えた。次はすぐにわたしの番だ、それから父と母。ふたつの死のうち、銃殺のほうが早くて痛みが少ないだろう。瘦せてふるえるわたしの手が胸にむかって走り、暴れ馬のようにドクドク鳴る心臓をおさえた。

ときどき収容所に国が派遣する医師がきた。そそくさと診察し、「少々衰弱」とカルテに書いたが、それを空襲の恐怖のせいにした。ビタミンとタンパク質を基本にした治療を命じた。警官は一日だけ牛乳と一六人で分ける卵を一個くれたが、すぐにやめた。この祖国の裏切り者のバカなイタリア人どもはいったい何が望みなんだ？

一日の配給分はひとり生米一ゴウ。一ゴウは一三〇グラムだ。ときどき大豆の練り物のミソが少し加わった。熱いスープにして飲んだ。米の代わりに乾麵が配られることもあった。ひとり分一二本。子どもの分はないので、各自一本提供して子どもたちに食べさせなくてはならなかった。でもこれには多くの者が不満をあらわにした。「その一二本の麵を茹でてお粥のようにして胃をみたした」と妹に訊かれた母が答えている。

「別のときは小麦粉にフスマを混ぜたものが与えられて、茹でるとドロドロになった。トーニ、あなたが、おなかがすいた、とくり返しては泣くので、黙らせろと命令されたわ。恐ろしかった。ある日、わたしが自分の分を食べさせようとしたらひとりの警官がわたしに平手打ちをくらわせて、それを窓から捨てたの」。わたしが中庭の敷石の上に残っていたわずかなお粥を集めに走っていくと、ヒトデナシがそのドロドロをこれでもかと靴で踏みつけて唾を吐いたのをおぼえている。

空腹のせいで病気がちになりだすと、若者組はゴミ箱あさりから《小さな教会》襲撃へと作戦をかえた。あまりの空腹と病気にわたしたちは衰弱しきっていた。奇跡の小さな鍵が見つかるまでは、髪の毛や鼻をかんだチリ紙、お茶殻などのまじった残飯に甘んじていた。お茶殻は煮なおして飲んだ。でも麻袋にはいった米やボール紙のケースに並んでいる卵、ぴっちり横並びになっている人参やむしろの上に散らばっているりんご、缶詰のツナなどを清潔にきれいに並べてみたいだろう？　だけど警官たちがいつもきびしく廊下に目を光らせていたから、そんな戦利品へはめったに到達できなかった。彼らが食事をしたり、おしゃべりをしたり、ラジオを聞いて気がゆるんでいたりするときだけが決行のチャンスだった。三人の奪回者のめざましいはたらきぶりで、その行為はいちども発覚しなかった。

「野草や花を食べる実験もした」と母が書いている。わたしが思い出すのは、小さなトーニがツツジの花を食べて中毒になったことだ。でもこれはたぶん、あとでイタリアに帰ってからのことかもしれない。習慣はなかなか抜けないものだ。トーニは花を食べる癖がつき、わたしは引き出しの下着のあいだにケーキのかけらやスプーンに何杯かの砂糖を紙ナプキンに包んでしまいこんだりした。なにも捨てられないのだ。そしていまでも食べものを捨てるのはつらい。

あるとき中庭の端っこでキノコが見つかった。「警官たちは笑って、わたしたちがそれを摘むのを許した」と母は書いている。そのあざ笑いを見たところで、やめておけばよかったのだろう。でもみなあまりに飢えていて、申し出た人にひと口食べてもらい、毒キノコらしい兆候がなにもなかったので、みんなでがつがつ食べた。たしかに毒はなかったけれど、下剤の効果があったのだ。そろって二日間下痢に悩まされ、それまで以上にぐったりした。

「フォスコは何回か蛇をつかまえた」と母が語る。「殺して皮をはいで、あなたたちに食べさせたの、切り身にしたところだけね」。わたしはその、これといった味はしないけれど、草が腐ったような臭いのする不気味な切り身のことをよくおぼえている。鼻をつまんで食べた。「われらがコンサルタントは」と母がつづける。「ナーポリの生物学者のサルヴァトーレ。彼はこんな状態の生活にあとどれだけ、どうすれば耐えられるかを計算した。生きのびるための最低必要量のカロリーをどうやって保てるか、それについてこまごまとした貴重な助言をしてくれた。手首で脈拍を測っては、計算また計算だった。ゴミ箱で見つかるじゃがいもやみかんの皮はビタミンC

をふくんでいるのでとても貴重だった」

15

子どもなので、警官がわたしの動きにさほど注意を払わなかったのに乗じて、わたしは有刺鉄線をくぐって農家へ行き、お蚕の世話やトマトの収穫を手伝った。終わると、じゃがいも二個とかトマトをいくつかもらって、意気揚々と収容所に持ち帰り、妹たちや両親、他の収容者たちと分けあった。わたしたちが連帯を維持できた鉄則がまさにこれだった、つまりどんな小さな獲得品でもまずは家族五人で、余裕があれば全員で分けるということ。

さらにどんなことでも、全員による投票という民主的な方法で決定された。多数派が勝つと他の人たちも抗議しないで、多数の決定に従った。だが収容所生活も終わりに近づいたころ、空襲や病気、地震、脚気などのためにみなが身体と神経の極端な衰弱におちいったとき、各自の所持品を分けあうことをやめた。それぞれが手に入れたものを独り占めにし、ひとりで食べた、むろん隠れて。

エゴイズムが連帯の共有感覚をうち負かしたのだ。幸い決定的にではなかったけれど。というのは、警官たちが逃亡し、アメリカ軍が空から豊富な食料を投下しだすとすぐに、民主主義の欲求と連帯感、共同体の誇りがもどったから。

いまでも、わたしが有刺鉄線を通り抜けるのを見つけて、粕谷がすぐに両親を呼んではげしくどなりつけたときのことをおぼえている。母はトーニに語っている。「警官の隊長がサーベルを引き抜いてフォスコをどなりつけながら、その長い刃を彼の喉元に当てていた。わたしたちは震えあがったが、ワイルショット老人に教えられたとおりに動かずにいた」。わたしも、けっして手を動かさない、けっして背中を見せたり声を張り上げたりしないというワイルショット老人の教えを聞いたことがある。「そんなことをすれば挑発と受けとられて、殺されることもあるから」

ワイルショット老人が収容されたのはユダヤ人だからだ。「とても博学で頭のいい、りっぱな気質のかた」とトパーツィアは語っている。「アジアの戦争の謎と日本人のメンタリティによく通じていた。何が起こっているかを知りたいときにしょっちゅう助けられた。〔……〕戦争の地政学の動向を説明してくれたけれど、わたしたちの共同体で起こっていることのそれも教えてくれた。警官たちのまえではけっして平静さを失わないこと、彼らの怒りや罵倒に反応しないことと助言してくれた」。彼の妻は日本人で、最初のころは食料の差し入れが許されていたのに、その後とつぜん面会禁止となり、気の毒な教授はみるみる痩せて、脚気のせいで脚に浮腫がでて腫れた。

ワイルショット老人は、と母はつづける。「いつも子どものあなたたちにやさしかった。そして奥さんも四三年のクリスマスには小さなプレゼントをもってきてくれたわ」。その後、面会が禁止されたので、わたしたちと同じようにゴミ箱をあさり、《小さな教会》から盗んでみなできっちり分ける何ゴウかの米などを、監視役になる分け前として受けとるようになった。わたしたちは彼をインチョウサン、つまり所長と呼んだ。最年長だったから〔作者の勘違いで、デンティチのこと〕。「でも、デンティチはまさに所長だったから、ひどい仕打ちをうけたの。たとえば彼宛ての手紙がとどくと、警官たちは詰所の見えるところに置いたままにして彼に渡さないの。彼は絶望して泣いていたわ」

あるとき、情報不足の不安が才気をひらめかせた。「ビーノとヴィッラともうひとりの冒険好きの若者が」と母が妹のトーニに話す。「夕方、警官たちがお風呂にはいっているすきに屋根伝いに降りて、詰所につけっぱなしにしておくラジオを聞いたの」。こんな方法で、ナチ・ファシスト軍が敗退しつつあり、連合軍が進軍していることがわかった。でも詳しいことを知る時間はない。とっさにキャッチしたニュースだけだ、デンティチ老人の鍵で《小さな教会》のドアがあいたとき、それとばかりに米や豆のはいった袋、いくつかのりんごやじゃがいもをもちさったときと同じように。だけどみなで分けると、いつも少ししかない。それに袋をいくつももち出すわけにはいかない、ばれるとさらなる食料減量という厳罰が待っているから。

お風呂にはいれるのは週に一度だった。床が木の一室のまんなかに大きな丸い木製の浴槽があった。日本式の序列で、まずは警官たち、次が男の収容者たち、そして女のあとに子どもたちという順番だった。子どもたちはぬるくなって汚れたお湯にはいることになる。父が子どもたちを先に入れるべきだと抗議したが、それが規則だから従わなくてはならないというのが答えだった。いちどトーニがその汚いお湯に頭から落ちて溺れかけたときのことをおぼえている。いつものように、母がとっさの的確な動きで彼女を引き上げ、そのあとでお話をして慰めてやった。

トパーツィアの声は澄んで深みがある。脚気と壊血病で脚が腫れ、髪の毛が抜けて歯茎から血が出ていても、お話をするときの母は魔法の遊びのなかにはいりこんで別人になり、わたしたちは声も出さずに、うっとりと彼女のことばに耳をかたむけた。終わると、しつこく、また最初から話してとせがんだ記憶がある。彼女の声はわたしたちを収容所から遠くへ、不思議な国々へ、走ったり、食べたり、愛しあったり、踊ったり、すやすや眠ったりしている人たちのなかへつれてゆく力があった。

思い出すのは、王さまの庭に金のりんごがなる木があって、何者かがその貴重なりんごを盗み、物語がどろぼう探しのミステリーみたいになって、最後に、どろぼうは魔法にかけられた小鳥だったという話。もうひとつは、女の子が豆を植えて、その豆がぐんぐん大きくなって高い木になったので、女の子がそれに登って、どんどん登ってゆくと、雲のあいだの、たわわに実がなっている木々や魚がいっぱいいる川、お乳を出す雌牛、まっ白で、完璧なかたちの新鮮な卵を産むめんどりなどのいるおとぎの世界に着いたという話。

「ママー、もっと、お願い、お話して!」。でも母は、あすの朝、粕谷が六時にみんなを寝床から追い出すからと、わたしたちを寝かせようとする。そしてわたしたちを眠らせるために、『蝶々夫人』のハミング・コーラスのアリアを歌ってくれた。いまでもこのアリアを口ずさむと、わたしは胸がいっぱいになる。知識の宝庫のような母だった。わたしはいまだに彼女がもうこの世にいないとは思えない。わたしの心はいまや小さな墓場になっている、妹のユキも父も母も、みな永遠にいなくなった。日本の言い伝えのように、彼らがどこかの隅っこに隠れていて、人がしでかす突飛なことを調整してくれたり、泣きたくなると、笑ってみたらとか、怒りまかせに世界にたいして大声でどなりたくなるとそれをなだめる考えをささやいてくれたりとかして、適切な助言をしてくれたらうれしいのだけれど。でもそれは疑わしいのだ。世界のことを知ると、たとえ知ることができるのはほんの少しでしかないにしても、わたしたちは確かさのなかで安心するどころか、ますます疑い深くなるから。宇宙のなかで、鉱物でできていて、変質し、燃え、溶け、爆発し、ブラックホールを生成させる何百万もの星のあいだで回っている地球はどこへ行くのだろう? 宇宙はどこへ行くのだろう? どうして行くのだろう? 時間とは何だろう? あのすばらしい、感動的な発明である時計でわたしたちが時間をつくりだしているのだろうか? それとも時間はほんとうに存在するのだろうか? 現実とは何だろうか、そしてなぜわたしたちはそれが理解できないのだろうか？　人間であるとはどういうことだろうか、そしてそれは過去と未来とどんな関係があるのだろうか、そしてホモ・サピエンス以前から存在していてこの世界の一部である動物たちとどのようにかかわっていったらいいのだろうか？　こんなにたくさんの疑問にわたしは答えが見いだせない。わたしたちがもっている唯一の自由はたぶん夢をみる自由なのだろう。愛する死者たちは近くにいて、彼ら同士で話をし、根っこや葉っぱや花に姿を変えているけれど、わたしたちの呼吸や、わたしたちのもっともすばらしい夢のなかにしのびこむ力をもっているのだと夢でみることにしよう。

みんなどこへ行ったの？　魂の底から女の子の小さな声がわたしにくり返す。お話のなかの豆の木に登っていった女の子が見つけた雲のあいだを楽しそうに歩いているんじゃない？　そうだったらすてきね。いたずらっぽく笑う父の顔が見える。「ぼくらが永遠だと考えるのはばかげた思い上がりだよ。死んだあとにぼくらのなにかが植物や土に移ってゆくだろうけれど、でもそのあとにはすべてが分解してなにも残らないんだ」

「でもパパ、オカアチャンは人は死んだらほかのものに生まれ変わるって言ったよ。そうじゃないの？」

「そうならいいけどね、ぼくのダーチャ。それじゃすばらしすぎるよ。すべてに終わりがあるようにぼくらも終わるんだ。でも世界はつづく。季節があって、昼と夜があって、美しいことや醜いことがあってつづいてゆくんだよ」

「それでこの世界はずっとつづくの？」

「いや、世界は太陽が燃えるのをやめたときに終わる。そうなったら世界は収縮して、冷たい小さな球体になり、宇宙のなかでまわりつづけて、最後には消滅する。でも心配しなくていいよ、まだまだ何十億年も先の話だから」


世界が宇宙で消滅する球体になってしまう話にわたしは不安になり、フォスコはずっとずっと先の話だと強調したけれど、わたしは胃痙攣がおこってしまった。父が宇宙の法則にくわしい物識りであることはわかっているけれど、わたしは猫でも小さな象でもいいから生まれ変わると考えるほうが好きだった。「なにを言ってるのよ、パパ、絶対にそんなことはありえないと思ってるの？」

「おまえがそう思いたいなら、それでいい、想像することは人それぞれだからね。おまえにはいまは時間が長く思われるだろうけれど、大きくなるにつれて短くなって、年をとるととても短く思われる。じっさい、時間なんて存在しないんだよ、かわいいダーチャ」

たしかに年をとるにつれて、時間は人間の悩ましくも愛情あふれる発明であることに思いいたった。わたしたちは、過ぎてはゆくけれど整然と、規則的に過ぎてゆく時間や分を数えて自分たちを慰めるために、時計というあの詩的で感動的なものを発明したのだ。ところが時間はカオスであり、始まりも終わりもなく、宇宙の天体が回っているように、はげしく回転している。わたしは子どものころから、どうして星は空間のなかで支えるものがなくて、自分だけで回っているのだろうと不思議に思っていた。どうして？　とわたしは父に訊いたけれど、父にも答えはなかった。

宇宙はビッグ・バンから生まれたと言われている。それは巨大な爆発のことで、この大爆発の破片が宇宙にひろがっているということだけれど、これは説明の一部にすぎない。そしてビッグ・バンのまえに何があったのか？　そして物質はどこから生まれて、宇宙とは何なのか、だれも言うことができない。

「ぼくらはこの神秘にひとつの名前をつけ、それを分割したり計算したりし、それを創造者・神としたりしているけれど、でもぼくらの甘い説明はひとつの感情を表現しているだけで、確かさはなにもない」。父は空腹で弱りはてた声でつぶやく。それじゃ、わたしたちは、とわたしがまたしつこく話をむし返す、宇宙の時間に比べて、蚊やなにかのように数分しかない命を生きているのね……蚊もその小さな命の時間を分割したり、区分したり伸ばしたりして、長く生きている気がしているのね。それと同じようにわたしたちも、時間を区分したり分割したりして長く生きている気になっているけれど、一生って、ほんの一瞬のことで、星を見ようとして顔を上げたとたんに、わたしたちはもう死んでいる、そういうことなのね、パパ？

このとき時間をめぐるわたしたちのおしゃべりに母が割りこんできて、厳密な合理主義の世界観で子どもたちを悲しませている、とフォスコを非難した。子どもたちには夢をみさせておいて、と言ったけれど、でも母はこのとき、父親の考えが新鮮な土壌に播かれた種のように、何年かあとに芽を出し、厳密で晴朗な啓蒙主義の思考をかたちづくるだろうとまでは思いいたらなかった。ソクラテスを読んで彼のことばに出会ったとき、わたしは父の考察に再会した。母が話していたように、父と祖父エンリーコがブッダの話をしてたちまち意気投合したのは偶然ではなかった。世界をよく観察すれば、それは人に愛され人を惹きつける舞台だけれど、演ずる者たちが消えて装置が取りはらわれてしまったあとに、何が残るのだろう？　夢だろうか、亡霊たちの演技だろうか？

16

一三歳でフィレンツェの寄宿学校に入れられたとき、わたしは孤独な囚人の感じがして、それを機にキリストと彼の賢明で寛大なことばを発見した。枕の上に小さな木の十字架をおいて、寝るまえにそれに口づけをした。机のなかに小さな祭壇をこしらえて、本といっしょに、赤ん坊のキリストを抱くとてもやさしそうな聖母マリーアの小さな画像を入れておき、ぼそぼそと低い声で話しかけた。まだカトリック教会の歴史のことも、愛と赦しについて話していたのに聞き入れられなかったあのキリストの名において犯された恐ろしい犯罪のこともなにひとつ知らなかった。

「父があんな異端のような考えを捨てるようにしてください。わたしは釘で十字架に礫にされている痛々しいあなたの身体を握りしめるよりも、ティベリアスの湖を沈まないで歩いていった奇跡のあなたにお祈りをするほうが好きだけれど、父があなたと十字架の上のあなたの身体に気づくようにしてください。父が、創造主の神というすばらしい話を受けいれて、世界は永遠で、どんなにつらくても、世界は永遠で、人間の未来は確実であるということを受けいれるようにしてください」

宇宙がそんなに無情だなんてありえない、とわたしは眠れない夜につぶやいていた。こんなに美しいわたしたちの世界がほかのすべての天体と同じで、太陽の光を浴びて生きており、月に息を吹きかけられて美しいのに、太陽が燃えるのをやめると小さな球体になって、また宇宙に呑みこまれてしまうなんて。「まちがっていると父に言ってください」と言ってわたしは若いキリスト像にむかった、「この地球は不動で肥沃で永遠であり、わたしたちは全能の神の被造物で永遠のたましいをもっており、わたしたちの罪と徳について審判をされて、死は、はだしの軽やかな足どりで天国のあなたとあなたの父上のかたわらに入ってゆくためのひとつの通過点にすぎないのだと言ってください」

わたしはキリストがわたしの願いを聞きいれてくれると確信していた。心から彼を愛していた、慈愛にみちた彼の父を愛していたように。どうして母親が忘れられているのかとは疑問にも思わなかった。なぜ聖三位一体が父と子と聖霊でできているのか？　なぜ聖書では女は男から生まれて、その逆ではないのか？　ともあれこのふたつともわたしに疑問ではなく確信をもたらした。なにも言わずに、フォスコの合理的で科学的な見解をとがめた。愛と献身をくり返して彼を回心させようとひそかに考えた。わかってくれるわ、とつぶやいた、わたしのなかで、強くて繊細な羽をもつ蝶のようにはばたいている信仰の力を感じたら、パパは自分がまちがっているとわかってくれるわ。でも父はけっして回心せず、わたしは自分を安心させていた確信を失った。

母も無神論者だった。でも宇宙のことや、星は生まれては消えてゆくとか、ましてや太陽が燃えつきると地球が黒い小さな球体になって無のなかに消えてゆくなどという話はしなかった。彼女は物語の魔法を生きていた。一九三〇年代のシェヘラザード姫よろしく物語を介して死に挑んでいた。ママー、お話をして！　すると母は、いつも針を手にし、とても美しい大きな青い目を縫い物にむけながら、話しだした。「むかし、三人の娘をもつ王さまがいました。王さまが、退位したいので、娘たちが彼に示す愛の大きさに応じて領地を与えようと宣言すると、上のふたりの娘は彼をたたえて恥ずかしげもなく偽りの愛を表明しました。末娘のコーデリアはそんな嘘のつきあいに振りまわされず、将来のご褒美をあてにしたお世辞も嘘もつかないで、お父さまを愛していますとだけ言いました。実際に彼女は父親を愛していましたが、愛情深い娘の役を演じる必要などないと考えたのです。とくにその愛がことばで表現されるときには。『風よ、吹け、頬をやぶれ、怒りにまかせて、吹き荒れろ！』」。母は暗記しているリア王のことばを何度も口にした。

それで、ママー？　それからどうなったの？　そこで母はつづけた。「上のふたりの娘は争って自分の愛の大きさを訴えたけれど、コーデリアはだいじなのは行いで、ことばではありませんときっぱり言ったの。でも王さまは末娘のお世辞なしの話しぶりに気分を害して、しぶしぶながら、親不孝者め、と彼女を追放することにしました。コーデリアはフランスへ行き、そこで彼女の誠実さと心のきよらかさに魅せられた王さまと結婚することになるのよ。さあ、わたしたちの分のわずかなお米を炊きにいかないと」と、じっと耳をかたむけて聴き入っていた娘たちをがっかりさせて、言うのだった。

「上のふたりのお姉ちゃんはどうなるの、コーデリアはどうなるの？」

「つづきはご飯がおわってから。あなたたちがノミ退治をしているあいだに、つづきを話してあげるわ。さあ、行きましょう」

最後のころ、日に日に日本の敗戦が色濃くなるにつれて、配給分が減っていった。奪回戦はあまりに危険になったので断念した。粕谷は苛立ち、ささいなことで、米のゴウを減らすぞと脅した。そして藤田はいつも充血した赤い目をして、どんなささいな規則違反にも大声でどなり、サーベルを抜いては居合わせた収容者にだれかまわずそれを構えた。わたしも猫のように有刺鉄線をかいくぐって農家ではたらき、じゃがいも一個とか卵一個をもらいに行くのをやめた。農家の人たちも、ますます戦争に嫌気がさして、わたしたちに好意をよせてくれたけれど、その人たちも警官たちとその無分別な反応を恐れていた。

軍人がなぜ歯をむきだして吠えなくてはならないと思うのかわからない。まさにたけり狂ったライオンが獲物にとびかかるまえに脅えさせる唸り声そのものだ。わたしは昔話の絵本でそんなライオンを見たことがあり、毛がふさふさ生えた顔が口を大きくあけて血を求めて唸る姿にみとれた。でも警官の口を見ていると、動物園の動物をへたに真似るへぼ役者のようだった。それでもけっこう震えあがってしまったけれど。たぶん藤田はよき兵士がだれでも身につけているあのパレード用のサーベルでわたしたちのだれかを切りつけることはしなかっただろう。だがそれが突き立てられるのを見るだけで、あぶないと警戒し、震えてしまうのだった。

わたしたちは、というより少なくとも収容された子どもであるわたしは、ルース・ベネディクトが「敬語」と呼ぶものを理解するのにとても時間がかかった。

聖なる帝国の代理人の支配的なことばにたいしてはおじぎをしなくてはならない。そうしない者は罰せられる。そのことはとくに日本の文化と慣習に精通している博学なイタリア人収容者たちから学んだ。「このような動作はいずれも実に細密な規則と慣例とによって支配される。誰におじぎをするかを知るだけでは不十分であって、さらにその上にどの程度におじぎをするかを知ることが必要である。ある主人に対しては正しくふさわしい礼であっても、礼をする人との関係が少し違う別の主人には無礼として憤慨されることがある」とルース・ベネディクトは書いている。「適当なふるまいによって始終認め合わねばならないのは、階級の違いだけではない。性別や年齢、二人の人間の間の家族関係や従来の交際関係などがすべて、やはり必ず考慮せねばならないことがらになる」

そしてさらにルース・ベネディクトはつづける。「例えば、民間にいた時には互いに心安い間柄で別におじぎなどしなかったのに、一方が軍服を着ると、平服を着ている友人の方がおじぎをする。〔……〕礼儀作法が学ばれ、細心の注意をもって履行されるのは、まさに家庭においてである。母親は嬰児（えいじ）を背中に縛りつけて歩いているうちから、自分の手で嬰児の頭を下げさせておじぎをすることを教える。そして、子供がよちよち歩きするころに、まず最初に教えられることは、父親や兄に対する礼儀を守ることである。妻は夫に頭を下げ、子供は父親に頭を下げ、弟は兄に頭を下げ、女の子は年齢を問わずその男兄弟のすべてに頭を下げる」

わたしたちの警官たちは、彼らがことばを発するたびに、わたしたちが彼らの権威を知っていることを示すために、おじぎをしろと言った。全員が日本語を話し、全員が社会的な行動様式をわきまえているという前提だった。けれどもときどき、だれかが、多くは若い人たちがおじぎを忘れたりはしょったりすると、当番の警官は怒って、あわれな男を絶食にしてやると脅したりした。米のゴウの減量は収容者にとって死活問題だった。食堂に行って米がひとり当たり一ゴウでなく半分だったり、麺が一二本でなく八本だったりするよりは警棒で叩かれるほうがましだった。しかもこの一二本の麺は昼と夜の分だった。

でもいまはどうなっているのだろう？　わたしたちはまだ敬語について話せるのだろうか？「現在の日本では、大学の特別講座をのぞいて、儒教は死んで埋葬されたといってもいい」。これはフォスコの本からの引用だ。「だがこれは大した意味がない。中国や朝鮮（ここでは何百年も知的世界と政治の世界が対立しない支配がつづいた）でもそれはいまや記念品である。だがこれらの三つの国には目には見えないけれどきわめて強力な儒教の遺産がいまなおいたるところに存在していて、言語や、ある種の思想的、倫理的価値の議論の余地のない優先、日々の生活全般に浸透している風俗習慣などをとおしてあらわれている。日本では、道義的責任であるギリ、同じだがより一般的なギム、感謝すべき借りであるオン、愛顧、好意などのジン、礼節、エチケット、儀式、作法などをあらわすレイギなどなどが儒教の遺産としてまだまだしっかり根をおろしている」

17

荒れ狂った最後の地震と絶えまない空襲のせいで、収容所の建物は大きな被害を受けた。窓はガラスが割れてもうちゃんと閉まらず、床は盛りあがってしまった。ある日、粕谷がよそに移ると告げた。この建物はもう使えないから。でも移るって、どこへ？　むろん、それには答えなかった。それからある朝、トラックが一台やってきて、わたしたちはそれに羊の群れのように乗せられて出発した。

母が言うには、トラックが名古屋市の東の挙母(ころも)（一九五九年、豊田市と改名）という田園地帯の真っただなかに停まったとき、その風景の美しさにみな息をのんだという。その辺には兵舎もテニスコートもなかった。あるのは一四世紀に建てられて、その後一七世紀に再建された廣済寺(こうさいじ)というお寺だけだった。それが目指す場所だった。廣済寺とは、「ひろく救う寺」という意味の仏教のお寺で、低い丘の上にあり、よく手入れされて花の咲きみだれる庭にかこまれている。「最初の門（京都のすぐれた古刹のそれのように薄暗く、苔むしている）を過ぎて」と父は書いている、「二列のもみじのあいだの長い階段をのぼると、それらのもみじの枝先にまさにいまシンリョクの小さな若葉が芽吹いていた」

フォスコは感動した。トパーツィアはこのなごやかな場所でともかく食べ物にありつけるのかどうかが心配で、感動するどころでなかった。逆にフォスコはこの新しい避難所にすっかり満足して空っぽのお腹のことも忘れた。「下のほうに不規則なかたちの段々状の田んぼが伸び、まわりはぐるりと森の多い丘にかこまれていた」と『家、愛、宇宙』のなかで書いている。「あちこちに見える藁ぶき屋根の農家は、急がず、予定された計画もなく野畑をさまよっているようないくつもの細いくねくね道でむすばれている。この場所がなによりも魅力的なのはその安らぎのせいだ。トスカーナ地方やイングランドのコッツウォルド・ヒルズで吸える古風で親密な文明の空気がある」

マライーニ一家には、ブッダの祭壇裏の鳥と花々が描かれた古い木の引き戸を開け閉めする「ほぼ部屋といえる部屋」があてがわれた。ほかの収容者たちは畳をしいたほかのいくつかの小部屋に入れられた。お寺の北側の一角に、お寺の住職と、その妻と孫たちが住み、孫のひとりが啓子という女の子で、わたしは彼女とすぐにとても仲良くなった、日本人とイタリアの政治犯との交流はきびしく禁止されていたから、秘密だったけれども。

曹洞宗では、フォスコが説明してくれたように、僧侶は結婚して子どもをもうけることができる。住職は「八〇歳ぐらいのご老体で、たいがいは夏の軽いキモノであるユカタに鍔(つば)のひろい大きな麦わら帽子をかぶり、ときどきむら気な性格らしい動きを見せた。彼とともにとても目が悪いけれど愛らしい奥さん、娘、跡継ぎの婿養子、さらに第三世代の男の子や女の子たちがぞろぞろつづいた」

お寺の家族と話をすることはきびしく禁じられていた。でもわたしは年の近い啓子と友だちになる方法を見つけた。そして仲良くなると、その啓子が、夜に祭壇のまえにご飯とツケモノの小鉢が残っているのは、囚われの子どもたちにたいする老住職夫人のやさしいはからいだと教えてくれた。むろん警官に知られてはならない。でもわたしは毎晩、戸の隙間からしのび出てご飯とツケモノをとりにいき、妹たちと分けあって食べた。

生活は以前とくらべてとても穏やかになり、満足でさえあった。フォスコは近所に山羊をつれだす許可をえた。「変わり者で気ままなかわいい白山羊ちゃん、だれがおまえを忘れるものか。その山羊は『これは大日本帝国政府の所有物であることを肝に銘じておけ。それゆえ利用はいいが、虐待はならぬ。それにこの動物は市場に出せばまちがいなく高値がつく』という仰々しくもったいぶったことばを添えて渡された」。山羊はとても痩せて怒りっぽかった。「毛は白くてとてもかたくて長い、それに気むずかしい貴族のような短いあごひげ。目には赤みがかった筋がいっぱい。娘たちはすぐにこの動物をかわいがった」

たしかにわたしも、遊び仲間で、親しい存在になったこの小さな動物のことをよくおぼえている。とても鋭く、怒っているような声で鳴き、敏捷なのに、歩きたくないときには足をふんばって、梃子でも動かなかった記憶がある。もがいたり蹴とばしたりもするので、いつでもらくらくお乳を搾れるのではなかった。でもわたしたちは彼女がじっとしている方法を見つけて、ひとりが撫でて落ち着かせているあいだに、もうひとりがお乳がいっぱいの乳房を搾った。でも当然ながら、お乳を出すには彼女が草を食べなくてはならない。そのためにフォスコは彼女を散歩させる許可をえた。警官たちが、彼のほうが子どもたちよりも責任をとれると考えたからだ。

彼はそれに乗じて、いまや戦争に飽きあきし、警官たちをきらって「気の毒な収容者たち」に好意を寄せてくれる農家の人たちと親しくなり、よく卵一個とかりんご一個とかもらってきた。さらにトパーツィアは仕立ての腕を認められ、近所の人たちにその仕事ぶりを褒められて、ミシンを使わせてもらえるようになり、それで米一ゴウと交換に警官たちのシャツを繕ったりした。またビーノとベンチヴェンニは、お寺のすぐ裏手の茂みに蛇が潜んでいるのを見つけた。それを捕まえ、殺して皮を剝ぎ、切り身にして焼いた。

監視がずっとゆるくなった。ある日、信じられないようなことまで起きた、あの泣く子も黙る鬼の粕谷が消えたのだ。代わりにきた警官はこわい顔をするだけで、監視はほとんどなし、というのも彼は寝るのが好きで、お寺のどこかの片隅で彩色した木の柱にもたれ、口をあけて寝ているのがしばしば目についたから。もはや名古屋の警察署は「収拾がつかず、やる気がなくなった」のだ。無敵の日本の陸・海両軍の敗戦つづきの報が彼らを混乱と意気消沈の状態にした。もはや収容者にたいして侮蔑のことばを吐かず、収容所の周辺をぶらついてもほぼ見逃しにした、米の配給分はいぜんとして変わらず、食料は相変わらずとどこおりなく横取りされていたけれども。

天白での苦しみのあと、廣済寺の田園の上空を高く飛び、音はしても爆弾を落とさない飛行機が爆弾を吐き出さないかと怖かったけれど、毎晩、三人で分けて食べる茶碗一杯のご飯がうれしく、わたしたち子どもは生きる喜びをとりもどした。脚気や壊血病のつらさは以前ほどでなくなったものの、わたしは相変わらず小石を口にふくんではおいしい食べ物を想像して遊んでいた。一度、腐って捨てられていた柿を思う存分に食べたことをおぼえている。とてもおいしそうに見えたのだ。畑の肥料にするためにそれにバケツで人糞と尿を撒こうとしているのを知っていたので、急いで、ひとり隠れて呑みこまなくてはならなかった。だれも食べようとは思わなかったのだ、いやな臭いまでしていたから。その後何日も下痢がつづいたけれど、わたしはそれが食べられてうれしかった。腐っていたけれど、果肉の底の甘さまでは失われていなかったから。

食べ物がほんのわずかながら増えたことで共同体意識が復活した。わたしたちは議論と投票という民主的な習慣をとりもどした。どんな決定もえんえんとつづく議論をへてなされた。天白の収容所での飢えや地震や空襲のさなかでの、思想や原則をめぐる対決はほとんど気づかないうちに消滅した。人間は辱められつづけると、ある時点で、何世紀もかけて勝ちとってきたものの記憶を失って獣と同じになる。より強い者が弱い者を襲い、それぞれが他者のうちに、同胞ではなく自分の生命にとって危険な、それゆえ恐れ遠ざけなくてはならない敵を見出して、自分のちっぽけな生存だけを考えるようになる。

新たな希望とましな栄養補給の可能性にあふれだしたそんな日々がつづいていたある日、わたしたちの平和は、お寺の倉庫として使っていたあばら家に住みついた三人の奇妙な日本人の到来でかき乱された。何でも知っているビーノが言うには、莫大な借金のために没落して身内から禁治産を宣告された男爵の一家だという。同居しているのは男爵の姉とその息子。三人は一日中けたたましい大声で喧嘩をし、しょっちゅう髪の毛を引っぱりあっていた。不潔で、乱雑な暮らしぶりだった。母は、あの人たちもかつてそうだったのでしょうが、なにもかも使用人におしつけることに慣れてしまう貴族の境遇にいると、掃除ひとつもできないのよ、と言った。実際に彼らは雑巾のような服を着て、浮浪者のように汚い姿で歩きまわり、洗ったこともないだろう彼らの身体の臭いがお寺までとどいてきた。

そしてある日、老男爵が死んだ。いまでも、わたしたちも参列を許された葬式のことをおぼえている。村の農家の人がたくさん来て、みな床にすわってお祈りをした。わたしたちも日本式に膝を折ってすわっていたが、そのとき小さな黒っぽい蛇のようなものが死体からわたしたちのほうに動いてくるのが見えた。変だな、と思った、こんなに長い蛇が人でいっぱいのお葬式の最中に何をしているのかしら？　それから、といってもそれがわたしたちから一メートルほどに近づいたときにやっと、それが蛇ではなく死体からどっと出てきて、ほかの、血を吸える生きた身体のほうにむかっているノミの列だとわかった。フォスコはそのときの一斉逃走のようすを次のように語っている。「僧正さまたちも、部下の坊さんたちも、尼さんたちも、聖なる僧衣もマントも傘も、数珠も香炉も鈴も太鼓も、寺の内部から雪崩をうって中庭へと流れでた、イタリア人と日本人の小集団の不敬な哄笑のあいだをぬって。そして式は外で再開された」

18

八月のある朝、なにやら恐ろしいことが起こったらしい空気だった。警官たちに緘口令(かんこう)がしかれ、畑に農家の人の姿がなく、空気が死の静けさに沈んでいるようだったから。何が起こったのだろう？　ようやく夜になってから、農家の若い人から、広島に恐ろしく強力な爆弾が落とされておびただしい死者が出た、街は全壊し、無数の負傷者がどんどん死んでいると知らされた。日本人に顕著な連帯感で、多くの人が、黒い雨(ブラック・レイン)のことを知らないまま救援に駆けつけた。原子爆弾のあとに降った黒い雨は強度の放射能をふくみ、それを浴びた人たちはその後数か月数年のうちに癌になり、ほとんどなすすべもなく死んでいった。父はユキがリューマチ性関節炎にかかったのは、その核爆弾のせいだと言った。彼女はだれよりも病弱で、だれよりも無防備だった。
その後、八月六日に広島に投下された爆弾はおよそ一四万人の死者を出し、長崎のそれはおよそ七万四〇〇〇人ということを知った。だが被爆してその後に死んだ人たちを加えるとその数は五〇万人余というすさまじい数になる。広島に投下された原爆は仲間内でリトル・ボーイ（小さな少年）、長崎のそれはファット・マン（太った男）と呼ばれた。この戦争犯罪は、ある者は紛争を短縮させるための選択だと言い、他の者は地上戦の犠牲者を減らすためだったと言う。わたしにはわからない。だが恐ろしい惨劇だったことはたしかだ。そのことは生きのびて北に逃げたわずかな人たちの証言を聞いて理解した。

史上初の原子爆弾を投下した爆撃機B29スーパーフォートレスはエノラ・ゲイと呼ばれた。機長はポール・ティベッツ大佐。爆撃機のエノラ・ゲイという名前は大佐の母親の名前である。大量殺戮兵器が使われたのはこれが最初である。広島が選ばれたのはその軍事上の重要性のためで、第二総軍司令官である有名な畑俊六元帥の拠点だったから。そして長崎は造船所、兵器工場、製鋼所などを擁する最大の港湾都市のひとつだったから。不思議なのは、連合軍が長崎は全国でキリスト教信者がもっとも多い県のひとつで、またその周辺には連合国の戦争捕虜の収容所がいくつかあり、炭鉱での労役につかせられていたのを考慮しなかったことだ〔そのひとつ、長崎三菱造船分所内の福岡俘虜収容所第14分所の収容者7名が被爆して死んだ〕。

ふたつの原爆が投下された数日後、日本の軍人たちは最後のひとりまで戦いつづける覚悟だったらしいけれども、賢明な天皇は自国の降伏を表明する決断をした。さらなる死者がでることを望まなかったのだ。この決断で彼は多数派の心情を代弁した。彼がラジオで演説をするという噂が流れた。前代未聞のことだった。天皇が直接国民に話しかけることなどなかったのだ。一連の儀式をへて彼の代弁者が話すのが筋道だった。だが事態は切迫しており、聖なる君主のことばだけが人びとを安心させ、躊躇している者たちに降伏を余儀なくさせるだろう。彼のことばは神聖なのだから。

実際、人びとの期待は彼らの君主の穏やかで安心させるような美しい声で報いられた。だがだれもすぐにはなにひとつ理解できなかった、天皇はいまや使われない古い宮廷語で話したから。逆説めくけれど、収容所には宮廷語のわかる人がいたのだ。博識な老ユダヤ人教授で、彼は話を聞きたいという人たちに、偉大で神聖な君主のことばを説明してやった。そうこうしているうちに、わたしたちは警官たちがひと言もなく姿をくらましたことに気づいた。そこで農家の人たちがその有名な演説について少しでも知りたいと収容所に来た。フォスコは、警官たちは彼らの軍紀によれば二度面目を失った、一度目は原爆を予想できなかったこと、二度目は神聖にして侵すべからざる君主のことばを理解できなかったことが暴露されたことだと書いている。

自由ってなんてすてきなの！　お腹は回虫だらけ、身体はノミだらけで、痩せっぽちで、脚気や壊血病は後をひいているけれど、わたしたちはあまりのうれしさに身も軽く、いつまでも笑っては跳ねまわっていた。フォスコとトパーツィアはお寺のそばを流れる小川を見つけて魚を捕りに行き、みんなで焼いて食べた。それから、フォスコが言うには、「ぼくらはいいにおいのする草の上で、また夫婦の抱擁のよろこびを見出した」。トパーツィアが語っているように、そばにいるのにふたりを遠い存在にしていた沈黙と孤独感のあとで、恐怖や病気、全員の全員にたいする恨みにかき消されていた家族と愛情を求める気持ちがもどったのだ。

いまや警官がいなくなった収容所に多くの農家の人が、アメリカ兵がどんなことをするだろうかと訊きにきた。みな恐怖に震えあがっていた。自殺を考える人たちもたくさんいた。国家主義政府のプロパガンダで、アメリカ兵は報復に飢えた野獣で、日本を占領したとたんに、男を皆殺しにし女を奴隷にすると吹きこまれていた。フォスコは彼らをなだめようとしたが彼らの恐怖は底なしだった。この恐怖の予想がようやく払拭されるまで何か月もかけて、おたがいに理解しあわなければならなかった。聖なる君主のことばがやっと理解され納得された。天皇は敗戦を表明し、尊厳ある行動を求めた、報復はなし、暴力はなし、勝者を敬意をもって迎えねばならないと言った。実用主義者で君主のことばに従順な日本人はそれを忠実に受けとった。実際、占領者にたいする暴力事件はなかった。

フォスコは、ある日東京で、マッカーサー元帥が玄関を出て、護衛もつけずに、彼に拍手をする日本人のあいだをジープにむかって歩いてゆくのを見た、と話している。「日本人が天皇について抱いている観念は、太平洋諸島においてときどき見いだされる観念と同じものである」とルース・ベネディクトは書いている。「彼はあるいは政治に関与し、あるいは関与しない神聖首長である。ある太平洋の島じまでは彼は自らその権力を行使し、ある島じまではそれを他人に委託していた。しかし常にその身体は神聖であった」

「ニュージーランドの諸部族の間では」と偉大な女性人類学者は説明する。「神聖首長は神聖不可侵であって、自分で食物を摂ってはならず、給仕人が食物を口に運ぶのであるが、そのさいスプーンが彼の神聖な歯に触れることさえ禁じられていた。外出する時には人に運んでいってもらわなければならなかった。それは彼がその神聖な足を下した土地は、ことごとく自動的に聖地となり、神聖首長の所有とならねばならなかったからである。特に神聖不可侵なのは彼の頭部であって、何びともそれに触れることができなかった。彼の言葉は部族の神がみの耳に達した」〔……〕「下は賤民から上は天皇にいたるまで、まことに明確に規定された形で実現された封建時代の日本の階層制度が、近代日本の中にも深い痕跡を残している。封建制度が法的に終りを告げたのは要するにわずか七十五年前のことにすぎない。そして根強い国民的習性はわずか人間一生にすぎない短い期間内に消えてなくなるものではない」

日本人の階層意識については、収容所に入るまえ、京都で、わたしの幼年時代の第二の母であったオカアチャンと散歩をしていたときにわたしも気づいた。彼女が自分より目上の人に会うとおじぎをするのを見、肯定の意味をしめす「ハイ」を発するはっきりとよく響く声を聞いていた。命令できる人のまえでの「ハイ！」、クラスや所属や学識で上の人のまえでの「ハイ！」。でも彼女の「ハイ！」には卑屈なところはなにもなかった。おじぎをし、ふさふさの髪の毛をきちんと後ろにまとめた頭を下げる動作の裏には、社会的な安全を保障するかぎりにおいてのみ受けいれるひとつのヒエラルキーの落ち着きぶりがあった。でもそれは押しつけではなく選択であり、選択であるかぎり、最初からどんなかたちでの卑屈さをも排する、堂々とした品位をともなうのだ。

「日本人はこの綿密に企画された階層制度をただちに安全ならびに保証と同一視することを学んだ」。自分が愛したこの国をじつによく研究して解説することができたベネディクトをさらに引用しよう。「彼らは既知の領域に留まっている限り、既知の義務を履行している限り、彼らの世界を信頼することができた。匪賊（ひぞく）は制圧されていた。大名間の内戦も防止されていた。人民はもし他人が自分の権利を侵したことを立証することができれば、百姓たちが搾取された時にしたように、訴え出ることができた。それは個人的には危険をともなったが、公認された手段であった」

「抽象的思弁や精神の明澄な範疇にたいする好みも傾向もしめしたことのない日本人にとって、

プラグマティズムは神秘性を帯び、世界の息づかいや鼓動に従う本能を真の英知として提示し、ひそかな、それとわからないミクロの世界を大宇宙とシンクロさせる」とフォスコは書いている。そしてもろもろの事実にはつねに理由があるのだと結論づける。戦争は最高のスポーツのようなものだ。「勝利はあなたがたの優位性を示した、それを受け入れないのはおろかで無知で盲目な者たちだろうというわけだ」

19

戦争は終わったけれど、だれもわたしたちを迎えにこなかった。蛇とお蚕用の桑(くわ)の木だらけのあの田舎にわたしたちは置き去りにされていた。警官たちは姿を消して、わたしたちは自由に近所を歩きまわれるようになった。でも東京は遠いし、道路は爆撃で絶たれていた。何をしたらよいのだろう？　当分のあいだは栄養をつけるものを探すのに手いっぱいで置き去りにされたこともさほどこたえなかった。フォスコの親友のビーノ・ピアチェンティーニとベンチヴェンニはいっしょに蛇や蛙を捕まえにいった。わたしたちは宙ぶらりんの状態で暮らしていた。自由だけれど、自分でも何をしたらよいのかわからずに、一か所に、ひとつの空間にまだ囚われていた。

あるとき、大雨のあと、とても小さくて鮮やかな緑色の蛙の大群に出くわしたことを思い出す。

男たちが飛びかかって捕まえ、料理して食べた。蛙は蛇よりはるかに食欲をそそる味がした。わたしも一匹捕まえて手に握っていたのをおぼえている。わたしは走っていた。グルグルと低く柔らかい鳴き声がしたので足をとめた。指をひらいてみると、蛙はじっと掌にとどまったままわたしを見つめていて、わたしもその目をじっと見た。蛙の喉がひくひくし、見ひらいた眼は恐怖でいっぱいだった。わたしたちは理解しあった。蛙がわたしと同じ苦しみと囚われの状態にあるのだと思い、そっと草の上に置いて、放してやった。

あのとても美しい野原はまわりが田んぼで、どこにでも蛇がいた。あるとき近所の農家の人たちから、黄色の大蛇がひと晩でめんどり四羽と数もわからないほどの卵を呑みこんだ、捕まえてくれと収容所の男たちが呼ばれた。わたしは父のあとを走ってついてゆき、父が先端がVの字になった棒で大蛇を動けなくして壁面に押しつけるのを見ていると、その大蛇の口が開いた、怪物の口みたいに開いて、そこから唾液にまみれた丸ごとの卵やめんどりの手羽、足などがごちゃごちゃになって出てきた。

ほかに思い出すのは、手に入れたばかりの自由を楽しんで、収容所から遠くないところで横になって日向ぼっこをしていたときのことだ。ヒューとかすかな音がした。わたしは草の上に身体を伸ばしていた。それは二年間禁じられていたことで、心から幸せな気分でそよ風に揺れる木の葉を眺めていた。幸福な時間だった、粕谷がお米のゴウを減らすぞと床に横になることを禁じていたのを思い出していた。
ところが、そうやって自由という休息に浸っていたとき、なにかが震えるような音がするので頭をめぐらせると、目の端にうつったのは、少し離れたところで光っている、平らな円盤のような奇妙なものだった。もっと目をこらしてみて、鍋の蓋だろうと思った、銀色で丸かったから。でもどこの家からも遠いこんな場所に鍋の蓋を置いていく人がいる?

そう思っていると、その鍋の蓋がそろりと動くのが目につき、少し心配になって立ち上がった。すぐあとに震えるような音が強くなり、わたしは自分が、とぐろを巻いて、わたしと同じように原っぱで日向ぼっこをしている銀色の蛇のそばで横になっているのだとわかった。わたしが立ち上がっても、それは動かなかったし、動いたとしても、それは毒のない沼地の大蛇だとわかっていた。でも蛇は蛇、なにがあるかわかったものじゃない。わたしは足早にそこをはなれた。

収容所にあったただひとつのおもちゃは白黒の、毛の抜け落ちた子グマのぬいぐるみだった。なにもかも取りあげられて収容所にむかうとき、妹のユキがうまく隠してもってきたのだ。この子グマのなかに、母はフォスコが警官たちがゴミ箱に捨てた紙をひろってその裏に書いた詩を隠した。

民俗学者で人類学者、哲学好き、すぐれた写真家で語学のエキスパート(九か国語を話せた)、スキーのチャンピオン、登山家でヒマラヤのいくつもの高峰の遠征に何度も参加した、そんな多才な変わり者の父親だった。内向的で寡黙だった。家では何週間もことばを発しないこともあったが、友人たちといると陽気で屈託がなかった。記憶力の良さは最後まで抜群で、性格は穏やかで寛容。彼が怒るのをめったに見たことがないけれど、尊厳を傷つけられたと感じると、怒りを爆発させる行動にでることもあった、ユビキリのエピソードのように。

いろいろの言語に通じていたので、彼はたえずそれらの言語を比較したり、共通の語源を見つけたり、巧みに、楽しくそれらのことばをからみ合わせたりほどいたりした。彼の有名な詩集『ファンフォレのグノーシス』は最近ナーヴェ・ディ・テゼーオ社から新版が刊行されたばかりだ。子どもたちにも大人にも喜ばれている。一度、七歳の女の子がその詩を暗記しておぼえているのを聞いて驚いたことがある。いうまでもないことだが、俳優のジージ・プロイエッティは自分の芝居のなかでいつも、それらの詩をたくみに、すばらしいユーモアで朗読する。

ロンフォは吠えない、唸らない
めったに大声をださない
けれどビュービュー風が吹くと
ちょっとふらついて、じっとうずくまる。

これはいまや学校でも読まれて、子どもたちが楽しみ、頭をひねっている「ロンフォ」という有名な詩の冒頭の四行である。フォスコは自分の詩を《メタ・セマンティカ》と呼ぶ。語は純粋な音だが、同時に聴いているうちに感情的な価値を獲得し、感覚に火をつける《火花》になる。「いくつかの言語を話して育ち、あとでいくつかの言語を自分で学んだ私にとって、ことばはおもちゃであり、花火であり、望遠鏡であり、罠だった……少しずつ私はことばを、音楽家が音と響きをとおして、画家が色彩と絵具をとおして、彫刻家がフォルムと素材の表面をとおして学ぶようなやりかたで身につけていった……ことばはつまりは宝物であり爆弾だった」と詩集『ファンフォレのグノーシス』の序文で書いている。

母の話では、沈黙と飢えの刻印をおされたあの日々に夫が唯一話しかけてくるのが、新しく書いた詩を読んで、それを幼いユキが夜に抱いて寝る毛の抜けた子グマのぬいぐるみのなかに隠してくれと頼むときだった。小さかったユキは収容所生活でもっとも苦しみ、これも父の言うことだが、彼女はそのために死んだ。

ぼくらはみな瓶と同じじゃないか
思い出や腐った追憶がいっぱいで?
楽しい思い出が、くだらない出来ごとが、糸くずが
透きとおった腹にいっぱいだ

低俗なものが、ボウリングのピンが、がらくたが
みんなからみあって、空色の花飾りだ
……

実際は調和のとれたリズムをもつ音のからみ合いだけれど、それが思考と、裏返されて、つながりあうことばの劇場となる。まるで地下生活の書記さながらの強情っぷりには、彼の母親、わたしたちの祖母ヨーイの姿が重なる。彼女は旅への情熱と謎めいた幼年時代をめぐる、抑制されているが苦しみにみちた本を数冊残している。フォスコは母親と強いきずなで結ばれていた。まえにも書いたように、彼が日本の収容所に監禁されていたとき、母親がフィレンツェの家で亡くなったその日に彼女の声が聞こえたほどだった。

逆に、父親とは何年も口をきかなかった。フォスコは、ファシズムが最初のころに装い新たな革命的社会主義を標榜したときは賛同したが、父が党員になったことを許せなかった。一九三八年の人種法にたいして沈黙をとおしたことも許せなかった。息子が落ち着いて仕事ができるようにファシズム体制に組み入れ、入党させようとしたのも許せなかった。祖父アントーニオが仲間だといわんばかりの笑顔でファシスト党員証を差し出したとき、フォスコはそれを彼の目のまえで破り、床にたたきつけた。そのときから祖父は息子を家から追い出し、ふたりはわたしたちが日本から帰るまで話もしなかった。

イギリス人である母親ヨーイは夫の政治上の選択にしたがう部分もあったにしても、それは夫への愛と家庭内の平和のためで、母と息子は強い共存関係にあった。ともに旅と東洋への関心、文筆と読書を愛した。フォスコは母親のことはあまり話さなかった。先にも述べたように、寡黙で愛情にかんする問題について感情をさらけだすことがなかったのだ。でもたまにそんなことがあると、いまでも思い出すが、その目が涙で光り、口元がふるえていた。

20

わたしたちが収容所の主人となって、といってもとぼしい食生活をしていたあの辺獄では、待つことがひとつの精神状態になった。欲望、不安、ついには諦めという精神状態。だがなんといっても待つことだ。だれかがスペイン語では待つというとき esperar と言うのだと言った、待つことがなによりも希望をもつことだというように。「人は生きているのではない、つねに生きることを待っているのだ」とセネカは書いている。わたしたちは日本の田園の、霧がかかったようなやわらかな自然を味わい、自由に動きまわっては休み、元気をとりもどしたけれど、まだまだお腹は空っぽで、脚気と壊血病で衰弱していた。

わたしは友だちの啓子と遊んだ。彼女は内気で、にこにこし、おおらかだった。しょっちゅう、住職夫人がわたしにとこっそり用意してくれるみかん一個とか人参一本をとりだしてくれた。
いっしょに、収容所から数キロはなれた小さな池に行って、おたまじゃくしをとったり、水に飛びこんだりして遊んだ。あるとき、気がつくと、エメラルド色の蛙が薄茶色の水に半分つかってわたしを見ていた。わたしも彼をじっと見つめているうちにどこかで見たおぼえがあるような気がした。あんたたちの仲間が収容所にどっと侵入したあの日、わたしが助けてあげた蛙じゃない？　あんたたちを料理して食べるために、収容所の人たちが四方八方に逃げまどうあんたたちにどんなふうに襲いかかったかおぼえてる？　無関心をよそおった同意をしめすかのように目を半分閉じたので、わたしは彼が、そうだよといったのだと確信した。

わたしは動物とはずっと親しいきずなで結ばれている。彼らにもわたしたちと同じ感情があると思っている。彼らはことばを使わないけれど、わたしたちと動物は九九パーセント同じ本能に支配されているとわたしは信じている。恐怖、怒り、嫉妬、疑惑、憎悪、怨恨、復讐心、一方で、愛情、やさしさ、忠誠心、気づかい、寛大さなど。ただ本能から意識へ、もって生まれた性質から社会秩序の構成へ、手作業の能力から科学技術や哲学的知識に変わる抽象的な明晰さへと話が移れば、たしかに彼らはわたしたちにおよばない。でも愛や苦しみについてはどちらにもちがいはないとわたしはかたく信じている。さらに、研究が進むほどに、隠れていて目立たないけれどときとして強力な、集団的組織をつくったり、わたしたちは理解できないけれど彼らにとって有効で的確な言語で伝達しあう方法をそなえたりしていることもわかってきた。
　そんなことからわたしは、巡礼者に助けられたかもめたちが、生きたまま火あぶりにされかけた彼を助けるグリムの童話が大好きだ。人間の世界と動物の世界の伝達は多くの場合、障害をこえて、静かな理解のうちにたがいに補完しあうことができるのだ。

　過酷な食料制限がおわり、きびしく非情な粕谷体制がおわり、わたしたちを眠らせずに衰弱のきわみに追いつめた飢えがなくなって、わたしたちはまた愛や友情、いかに食料を確保するかという心配事だけではない心配事などの抽象的な議論をしあう文明人らしい生活にもどりつつあった。もはや貪り食う獲物としてでなく、尊敬され考慮される権利をもつ生きものとして動物を見るようになった。もうねずみ狩りや蛇狩りはなくなり、わたしが胃をなだめるためにこっそり蟻をかみ砕くこともなくなった。祖父のエンリーコがベジタリアンのメニューの本を書き、そのなかでなすとパン粉、つぶした松の実にミントで香りをつけた人造肉を考えだしていたのを思い出さなかっただろうか？　母はそれを思い出して、生きのびるのがやっとで、恐怖と苦しみばかりの日々を過ごしていると、人間は動物にもどって、理性と正義でできている文化を忘れるのよと言った。だから、すべての人が食べものや身体を洗うもの、寝るもの、愛するものをもつことがたいせつなの。

　ある朝、いまではいつも、警官たちが置いていったラジオのそばでニュースを聞いている博学なワイルショット老人が、二、三日うちに、アメリカの飛行機が名古屋周辺の田舎の上空に来て、まだ政治犯がいる強制収容所の場所をたしかめ、彼らの備蓄品を投下すると教えてくれた。このような収容所がたくさんあるようだった。しかもそのひとつはわたしたちのところから遠くなく、オランダ人が二〇人ほどいるという。さらに軍人の収容所、反政府の政治家、外交官、そして知識人やわたしたちのような一般市民の収容所などもあった。

実際に、その翌日から、お腹のふくらんだ大型機がわたしたちの頭上を飛びまわるのが見えだした。わたしたちは目にとまるように大きく手を振ったが気づいてもらえなかった。そこで母が、いつもの素早い行動力で、かの有名なトランクに詰めてきたグリーンの部屋着と白いシーツ、縫い物と交換して農家の女性たちからもらった赤い大型ショールで大きなイタリア国旗をつくろうと思い立った。わたしたちはみな、突如として出現したイタリア国旗に少しばかり感動しながら、それをひろげに小高い丘にのぼった。

と、そこへまた、何日かまえからわたしたちの所在を捜していた飛行機の爆音がした。エンジンの音が最大になって、機体が見えだし、ぐんぐん大きくなって、いまにもわたしたちの上に落ちるのではないかとこわくなるほどだった。ところが突然、目に映ったのは、写真を撮っている両手だった。そして飛行機は引き返してしまった。だが翌日また来て、ちょうどわたしたちの真上に来たとき、いくつもの開口部が大きくひらいて、周辺の森や砂利に、小さなパラシュートをむすんだ、食料がいっぱい詰まったドラム缶を三〇個ほど吐きだしたのだ。缶詰のほかに靴や毛布、チューインガムやタバコもあった。

パラシュートが開かなかったのもあって、ドラム缶がいくつかそのまま丘の斜面を転がり、尖った岩にぶつかって破裂して、神さまの贈り物を地面にまきちらした。粉末の豆が風に舞いあがり、コカ・コーラの缶が壊れて茶色の液体がとび散り、コンデンス・ミルクが岩の上に小さな滝のように流れおちてたちまちハエや虫たちが群がり、シロップ漬けの果物も転がり出て赤茶けた土にまみれた。ほかに軍靴やカーキ色のシャツがグロテスクな果物のように木に引っかかっていた。

フォスコの説明によれば、アメリカ軍の規則で収容所ごとに一〇〇人、一〇〇〇人、一万人分単位で物資が投下された。わたしたちの分は最小単位、すなわち一〇〇人分だったのだ。「貴重な宝石かなにかのように隠しておいて、米ひと粒、豆一個と数えるような飢餓生活をほぼ二年間おくったあとで、見よ、ベンゴーディ〔次ページ参照〕の国だ、見よ、夢の金持ち国アメリカだ、見よ、音にきく気前の良さと豪華さだ！」とフォスコは書いている。

その後わたしはヘシオドスまでが『労働と日々』のなかで、「人びとが魂の恐怖も苦しみもなく、危険から遠く、労役やその他の悩みごとからも遠く」生活をおくった架空の国について書いていることを発見した。食べものを苦労して手に入れなくても、手のとどくところにある場所。

それについてボッカッチョが『デカメロン』第八日第三話の「カランドリーノ」のなかで語っている。ブルーノとブッファルマッコが純真なカランドリーノにベンゴーディという国に夢のような場所があると信じこませようとするのだ。「ブドウ畑にソーセージがぶら下がり〔……〕粉チーズが山と積まれて、その山の上で人々がわき目もふらずにしているのは、マカロニとラビオリを作ってはそれを去勢おんどりのスープで煮て、それらを下に投げ、つかまえた者がつかまえた分を自分のものにする。近くには水が一滴もはいっていない、これまで飲んだなかで最高のヴェルナッチャ・ワインの小川が流れている」という。

それはわたしたちの夢が文学として実現したような話だ。わたしたちはあの長い日々を、本物の、手に触れて食べられる食べものがいっぱいの物語をして過ごしていたのだ。

わたしは、啓子とその家の人たちからご飯やツケモノなどをこっそりプレゼントされていたので、この日本人の友だちに板チョコや肉の缶詰、桃のシロップ漬けなどをあげられてうれしかった。むろんすべては収容者全員で厳密に等分された。みなそれぞれ自分の分の缶詰を小ピラミッドに積みあげ、ほかに軍人用の靴が二足とシャツだった。子どもサイズのものはなにもなかった。事実、収容所に子どもがいるとは想像もされなかったのだ。

農家の人たちの態度はとてもりっぱだった。食品を求めにきたけれど、物乞いに来たのではない。缶詰とお米の交換を申し出たのだ。それに反して、フォスコが「不快だ」と言ったのは、何人かの警官たちだった。なかでも二年間の収容所生活のあいだじゅうわたしたちを虐げたヒトデナシという綽名の男と、天白にいたころ、「全破壊、全突破、皆殺しとがなり立てて一日中ぼくらのあら捜しをしては脅してきた藤田という男だった。彼は何か月か姿を見せなかったが、まさに廣済寺の最後のころにまたやってきた。クレ（作中人物としてのフォスコ）はふいに寺の近くで彼にばったり会った。彼は話しだした。オソルオソル、これ以上はないほど卑屈な態度で、靴を一足と上着、タバコが欲しいと頼んだ」。フォスコはそのあまりのさもしさに驚いて彼を見た。望みのものを投げつけて、二度とあらわれるなと命じた。

21

一九四五年八月三〇日、二週間の辺獄のあと、愛知県庁がわたしたちを町へはこぶトラックをよこした。乗ったトラックは着いたときと同じ型だったが、気分はまったくちがって、もう痩せっぽちでもなく、苦しみもなかった。人間の生存がいかに食べものにかかっているか、信じられないほどだ。食べものがたっぷりあれば、そのことを考えもしない。それどころか体重を減らすために努力をしなければならなかったり、できればちょっとした断食に期待をかけたりする。だが足で立ち、はたらくための身体が求めるたんぱく質やビタミン、無機塩などが不足すると、痩せるだけでなく怒りっぽくなり（まさしくこの怒りっぽい scorbutico という語は壊血病 scorbuto

に由来している)、協調性がなく元気がなくなるのだ。

マライーニ一家は絶望と恐怖つづきの日々のあいだに枯渇していた情愛、抱擁、思いやりなどを取りもどした。わたしはいまでもヒトデナシが、戦争に勝ったらすぐにおまえら全員の喉をかき切ってやるとどなっていたとき、母の両脚のうしろに隠れていたことをおぼえている。彼はそう言って、人差し指で喉の端から端へ切るようなしぐさをした。粕谷は、もっと抜け目がなくて、天皇のラジオ放送のかなりまえに姿を消していた。風向きが変わるのを察して、安全なところに逃げたのだ。おバカは品位をたもって寄りつかなかった。ところがもっとも攻撃的で暴力的なふたりはもどってきて、病気なんだ、金がないんだ、戦争に負けたんだなどと言って、つまりは憐れみをさそって、キャメルやラッキー・ストライク何箱かのお恵みにあずかろうとした。

わたしは質問したかった。何か月もわたしたちから奪っていた食料をぜんぶ、どうしたのですか? あなたたちは、立ってもいられないほどの収容者たちにした虐待、バカげたいじめのことを忘れたのですか? 飢えているからどっちみち食べるさ、とわかっていて、腐った肉を与えたときのことを、またお菓子の届け物があったのに、渡してくれないでガラス張りの戸棚に入れて腐らせたときのことをおぼえていないのですか? あなたたちがバルコニーから捨てたみかんの皮に駆け寄った女の子たちにどんな仕打ちをしたか、小さな身体が強いられた絶食で痙攣している胃をなだめるためなら、あなたたちの捨てたものまで拾うのを笑って見ていたのを、忘れたのですか？

何年もあとに、つまり一九六八年に、わたしは野尻命子（みちこ）〔一九六九年、裏千家出張所をローマに創設〕といっしょに、一九世紀から二〇世紀にかけての日本の二〇〇篇ほどの詩を翻訳して出版した。

夜の星

日本の上に星がある
ガソリンの匂いのする星がある
訛りのひどい言葉つきの星がある
フォード自動車のひびきのする星がある
コカコーラ色の星がある
電気冷蔵庫の唸りのこもった星がある
缶詰のごこそを秘めた星がある
ガーゼとピンセットで掃除され
フォルマリンで消毒された星がある
原子放射能をふくむ星がある
なかに　目にもとまらぬ速さの星

突拍子もない軌道を走る星
ふかく　ふかく
宇宙の谷底めがけて突込んでゆく星もみえる

日本の上には星がある
それが　冬の夜
毎夜　毎夜
重たい鎖のようにつらなってみえる

作者の竹中郁(いく)はよく知られた日本の詩人である。一九〇四年、神戸に生まれた。若くして「羅針」という文芸誌を創刊した。パリにわたり、マン・レイなどと有名なシネポエムを創案した。多くの詩集を出し、一〇か国語に翻訳されている。「きりん」という児童向け雑誌も創刊し、「美を知り、実践する者は憎しみや怒り、攻撃性を知らず、どんな戦争をも嫌い、自然を愛する」から、子どもたちに美の感覚を身につけさせようと提案した。

詩は、風が吹き荒れて寒く、孤独なときにあなたを熱くしてくれる強いリキュールだ。ホルヘ・センプルンは『大いなる旅』のなかで、そのことをみごとに描きだしている。ゲシュタポがよほどでないと入ってこないので、かなり安心していられる唯一の場所、つまり床に穴が穿(うが)たれただけで人糞や吐瀉物でいつも汚くて臭い強制収容所の便所に、囚人たちが集まって、暗記している詩を朗読しあった。自分のアイデンティティーをたしかめるこの瞬間がなかったら、いっしょにいて、自分が生きている恐怖を忘れて数分でもことばの楽しみに結ばれることがなかったら、空腹やすぐそばにある死、汚辱、腕に刻まれた番号が破壊しようとしているあの最小限の尊厳を保てなかっただろう。

フォスコにとっても、寒さと病気のためにふるえる手で書いたあれらの短い詩は生存理由だった。妹のユキがいっときも手放したことのない白黒の毛の抜けおちた子グマのぬいぐるみのお腹に隠してくれとトパーツィアに託した詩。残念ながらそれらは解放時の混乱でぬいぐるみとともに失われてしまった。救われたのは父が暗記していた数篇だけだ。でも絶滅収容所に閉ざされた人間にまで力を与える詩がもっているそれほど強力な力とはいったい何なのだろう？　調和にかんするなにかだろうか？　不調和が支配している牢獄の恐ろしさに乱された調和？「調和は落ち着きと信頼をもたらしてくれる」と賢明にも母が言っていた。「調和は合理性にみちびき、不調和は混乱に、自己喪失に追いこむ。調和は人間の権利の一端よ、なぜならば事物や自然、音楽、未来、自分自身とのいい関係をうながすから」。きっとその通りなのでしょうね、賢くてねばり強いわたしのお母さん？

調和にかんする母のことばを思いかえして、わたしはある時期、ローマのレビッビア刑務所で詩のコースを受けもったことがある。文化による自己解放の力を信じているアナニーア判事に招かれたのだ。わたしたちはいっしょに刑務所内に図書室を開設し、いっしょにいくつかの詩の講座もはじめた。たくさんの受刑者が集まった記憶がある。たんなる好奇心からか、暇つぶしのためか、それともほんとうに興味をもったのか、それはわからない。驚いたことに全員が詩を読んだりつくったりしはじめた。とくに興味深かったのは、もっとも優秀だったのが、父親を刺殺したサルデーニャの兄弟だったことだ。人を殺したのに、彼らの詩にはどこか聖書をおもわせる壮大さ、やわらかくやさしいところがあったのだ。彼らの詩にはことばをとおして民衆の大乱舞を髣髴(ほうふつ)とさせるような力があり、ほかの者たちは口をポカンとあけて聴き入っていた。

冷酷な殺人者ふたりがこんなに明らかな詩の感受性を発揮することがどうして可能なのかと、わたしは友人たちにも訊いてみた。殺人者なのに彼らはその感受性をもっていて、美と醜の理由に探りを入れるために、ほとんど息もできないほどの魂の洞(ほら)の深部に降りていったのだ。何度か会っているうちにわたしは、彼らが冷酷な野獣ではなく、その犯罪は部族社会のロジックによるものだと理解する道を見つけた。理解してもらうのも説明するのもむずかしいけれども、それらの詩は変身から、精神の変化から生まれたのだ。ある種の犯罪が共同体から求められていたという残酷な土地からいったん離れて、ふたりの兄弟は、知識をとおして、美の世界にはいったのだ。

ここで重要な質問が出るだろう。恐ろしい犯罪を犯した者が改悛し、人間性をとりもどして、教育や自覚、修練などで自分とちがう他者になることができるのだろうか？　わたしにはわからない。だが法律上の最先端の理解はまさにそれが可能だという前提から発しており、刑務所の罰も再教育と同一視されるようになっている。とはいえ現実はあまりにひどくて、状況はほとんど変えられていないけれども。

それでもその数年、週に一度刑務所に行って受刑者たちと詩について話すことによって、わたしは教育に支えられたことば、詩的なことば、音楽的なことばはなんと力強いものかということを学んだ。表現することばを自分のものにできれば、あなたは武器にたいする関心をなくするだろう。銃を撃ったり刃物を使ったりする者はしばしばなにかを言いたいのに、それをことばにできなくて、ピストルやナイフがことばになるのだ。鉄の小さなかたまりを頼みとして、世界にむかって怒りを、恨みを、憎悪をぶちまける。でもピストルの思考なんて貧しく底の浅い、墓場の思考だ。だから、深い意味をもつことばの力を真に獲得した人は、貧しく野蛮な武器のことばへの興味を失うのだ。

22

戦後すぐに、わたしたちに服を着せ、たくさんの板チョコや何本ものコカ・コーラといっしょに靴をプレゼントしてくれたのは、アメリカ人だった。彼らは気前よく、空襲がつづいた東京でかろうじて焼け残った、アメリカの大建築家フランク・ロイド・ライト設計の帝国ホテルにわたしたちを宿泊させた。孔雀の尾羽をかたどった椅子や花を飾ったテーブル、いまにも飛びたとうとしている梟（ふくろう）の大目玉のような窓などがあった。人間と自然の共生という近代的なアイディアで設計されたホテルで、とても天井の高い部屋がいくつもあり、廊下には赤絨毯がしかれ、以前は結婚披露宴のいくつものホールが人であふれ、銀色で縁取りされたうっすら青い空に花々が描かれているキモノを着た美しい花嫁が登場したものだった。だがいまは寛大に、勝ち誇って笑顔をふりまくアメリカ兵だけだ。

彼らをこんなにも魅力的にしているのは勝利のせいだろうか？ それとも今回の戦争が正しい戦争だったから、それが領土や商売上の利益を守るためでなく、死の民族主義から世界を解放するのに尽くしたといえる唯一の戦争だったから？

金髪のとても若いアメリカ兵たちは、ひと足歩くたびにいまやだれもが彼らとわかる音を立てる茶色の重い革靴につつまれた足で広いホールを歩きまわっていた。その靴音は安心と勝利を伝えるものだった。脚はカーキ色のズボンでつつまれ、上着の裁断も申し分なく、彼らの誇らしげな上体にぴたりと張りついていた。彼らの肉体は周囲に魔法の後光をふりまいていた、多くの犠牲をはらっておぞましい独裁制から世界を救ったことを知っており、このときから正義の平和という思想が広まるらしいと感じているがゆえに、勝利し、未来に微笑みかける者の後光。人びとは彼らを天使ともたたえた。

勝者はときにはまさに天なる父の祝福をうけて舞い降りてきたかのように見え、神話の人物にも似た魅力をまとい、軽やかにかがやかしく動きまわる。のちに、統治したり、同盟をむすんだり、信頼しうる権限を与えたりするときに、めんどうが起こるのだろう。ナチズムというおぞましいドラゴンを打ち負かした若いアメリカ兵たちが象徴していたものを考えると、なぜ彼らはその後あれほど低落してしまったのか不思議だ。わたしたちの国にかかわる彼らの最悪の選択のひとつが、彼らがシチーリアを占拠したとき、マフィアと結託して彼らに合法性を与える選択をし、コーサ・ノーストラ〔マフィアの総合組織〕の犯罪行為をますます強化させたことだ。解放はマフィアに致命傷を与える絶好のチャンスだったろうに、彼らは共産主義を恐れて、レジスタンスを戦った人たちではなく、無法者たちと組むことを選んだ。これはアメリカ人が何度もくり返し、泥沼の災難をもたらしている過ちの一例である、チリのピノチェトと組んだように、そして馬鹿げたヴェトナム戦争、パキスタンに武装戦車を送りこんでありもしない核戦争危機をあおったことなど。

わたしもみなと同じようにかがやかしい勝者の若者たちに魅せられた。彼らはナチスという怪獣ドラゴンを負かす力を発揮して絶滅収容所を解放し、その恐ろしさを世界に知らしめた。多くの者が、民族的優秀さの名のもとに、略奪や拷問、牢獄や組織的な殺戮を用いていわゆる劣等民族を支配する権利を主張した者たちの自信を粉砕するために、惜しみなく生命を犠牲にした。そのような理想に燃え、犠牲をはらった彼らをたたえ、彼らに感謝せずにいられるだろうか？

しかし、少なくともわたし自身については、このかがやかしい神話の何かが翳（かげ）りをおびていった。ある日の午後、わたしの家族が休息をとっていたとき、兵士のひとりがわたしの手をとって、双子みたいにそっくりな娘の写真を見せると言って、自分の部屋につれていったのだ。だが彼が部屋のドアを閉めて、わたしを膝にすわらせたとき、彼がわたしをつれてきたのは写真のためではないと気づいた。事実、ほどなく、彼の手が女の子のわたしのむきだしの脚をのぼってくるのを感じた。

わたしは幼すぎてきびしく抗議できなかったけれど、一気に跳び降りて彼の腕から逃れ、自分たちの部屋につづく階段を二段跳びで駆け抜けた。すべてを母に告げると母は激怒して、すぐに彼の上司に抗議に行った。だがその後のことはどうなったのか、わたしは知らない。その兵士の姿はなくなった。代わりに、眼鏡をかけ、鼻に指をつっこむ小柄な黒人の兵士がきた。でも幸いなことに彼は女の子を誘惑しようとしなかった。

そのころのわたしはまだ多くの大人の男が幼い少女に夢中になることを知らなかった。アメリカ人が大人の女性なのに恋人をベイビーと呼ぶのはそのことからきているのではないだろうか。英語の愛の歌はどれもベイビーへのせつない呼びかけのくり返しが多い。フロイトが言うように、古くからの伝承で、男はみな第一に母親と、次に娘と寝たいけれど、教育や強力な社会的タブーがあるために、抑制することを学ぶということなのだろうか？　大人の女の身体を抱きながら、『ロリータ』の作者ナボコフが書いているように、目を閉じて、それが「自分の娘だ」と想像するのだろうと意地悪くつけくわえてもいいだろうか？

23

戦後、名古屋で撮った写真が何枚かあり、みな満足そうな、すでに栄養満点の顔をしている。そこからわたしたちは東京へ移されて、父は解放軍の事務所に、つまりアメリカ陸軍第八軍連絡将校として職を見つけた。完璧な英語の知識が勝者と敗者という複雑な関係をほぐすのに役立った。母のほうは解放軍のための美術品鑑定人になった。わたしたち子どもは一日のどんな時間でも自由に食事ができるようになって、それがまるで奇跡のような効果を発し、わずか数か月で子豚のように丸々と太った。そして自由に道路で遊ぶこともできるようになった。

戦後の東京の道路はまさに荒野で、陶器やコンクリートの破片、焼けた木材や倒木などが散らばっていた。多くの人が懸命に、爆撃で焼け焦げた木の板で小さな小屋を建て、ドア代わりに毛布をつるし、段ボールでつくった壁を紐で結びあわせて夜の寝場所としていた。昼間は入り口にしゃがんで、眼鏡や使い古したスリッパ、色あせた手ぬぐい、しわくちゃの上着、はてはすり減っているけれどまだはけるゲタやゾウリなど、一瞬にして破壊された生活の残存物を売っていた。お金は価値がなかった。物々交換が成立し、日本人がすることのすべてに注ぐ配慮とこまやかな注意で完璧に機能していた。

ある日、妹たちとかくれんぼをしていて、割れた瓶につまずいて転び、膝にけがをした。その深い傷は戦争の刻印のようだった。いつまでも治らなかった。母は化膿しないようにペニシリン軟膏を塗ってくれた。傷口は少し閉じたかと思うとまた開いた。その傷の鋭く執拗な痛みはいまでもおぼえている。まるで、どこかからの声が、戦争の記憶からはかんたんに解放されないよ、きみの頭はほかへ行っても、身体はまだ強制収容所に釘づけにされて、脚気はまだきみのなかにあるのだとささやくように。東京に着いてすぐに診察してくれたアメリカ人の医師が言ったことばを忘れない。「この子の心臓はまるでなすだ」。心臓は栄養不足と病気のために肥大して弱ってしまっていた。

「ゆうべ、ダーチャのレントゲンの結果がとどいた、結核ではなく、脚気と心臓肥大」と母は書いている。「ユキは五日間ずっと三七度から四〇度の熱、ダーチャは三七・三度。絶望的。トーニもぐったり、青い顔をしている。わたしもきのうは三七・四度。三日まえからまた脚に激痛」

収容所とその傷から解放されるのは容易なことではなかった。破壊された日本と勝利にわくアメリカのあいだで揺れうごいていた八か月のホテル生活のあと、ついに解放者の連合軍の費用でフランス行きの船の準備ができたと知らされたとき、膝の傷はまだ口を開けていた。

アメリカの客船についていては、不発弾との遭遇や、まだ潜んでいるかもしれない潜水艦の攻撃にそなえて毎日そのための訓練があったことと、バニラ・アイスクリームのおいしいにおいを思い出す。午後のおやつとして元収容者の子どもたちに与えられたアイスクリーム。おいしくて魂までとろけそうだった。自由と冒険の味がした。いまでも、目を閉じると、牛乳と卵、バニラと生クリームの甘い香りがしてくる。それをできるだけ長持ちさせようと指でコーンを何回もぐるぐるまわしていた。呑みこまないでいるうちについに両手と服がべとべとになったこともあった。収容所の習慣の名残りで、めったにない食べものを呑みこむのをできるだけ先延ばしにしようとしたためだった。

船の広い食堂で朝食のテーブルについたとき、あとで母といっしょに寝ているキャビンのクッションの下に隠しておこうと、角砂糖をいくつかポケットに入れて母に叱られたことがある。「そんなことをしたらハエがくるわ。その砂糖をどうするつもりなの？　もう収容所にいるんじゃないのに」と笑いながら言った。わたしはなんと答えたらいいのかわからなかった。何年も何年もわたしは「あとのために」食べ物を隠しつづけた、犬が、未来に確信をもてなくて、最悪の場合に備えておいた方がいいからとパンを少し埋めておくように。飢えはいつもすぐそばにあってわたしたちの首根っこを押さえようとし、フォスコが言うように、豆一個、米ひと粒が宝石より価値があったのだ。

ようやくパリで、苦痛の代償である賠償金の前払い金として日本政府から支給されたお金で服を買うことができた。ファシスト政府はみじめに崩壊し、収容者を過酷に扱ったのを知っていたのに、わたしたちは賠償金など見たことがない。率直に言って、わたしは戦後の平和な日本新政府がイタリア政府にそれを支払ったのかどうか知らない。支払ったと言う人もいるけれど、わたしたちはそれを見たことがない。

日本のそれはファシズムと呼べるか？　これが戦後、政治家と歴史学者のあいだで激論となった。二〇〇一年に発表されたジョルジョ・トージの論考から引用する。日本のそれはたんなる軍国主義だと言う者がいる。だがトージは、かすり傷程度とはいえやはりファシズムだと主張する。ファシズムは藍衣社(らんいしゃ)〔蔣介石直属の情報・工作機関〕を生んだ中国もふくめて全世界を巻きこんだイデオロギーだった。ヨーロッパの大部分とヨーロッパ以外の多くの国家に波及したイデオロギーであるとする。「サムライ起源の官僚が日本の産業改革の開始当初から権力ブロックの接着剤であり、一九世紀末から、権利にもとづく国家ではなく、神聖な血統と考えられている皇帝（テンノウ）への忠誠と服従を基盤とする国家を実現した」とトージは書いている。「民主主義皆無、議会不在、強烈な国家主義の刻印である」

「第一次および第二次産業革命が最初の社会的衝撃を決定的にし、知識人層がさらなる自由と市民的政治的自由と権利を要求したとき、日本は近代的民主主義と真の主権国家へ向かって前進できるはずだった。ところがそうせずに天皇制を強化し、ある特殊な政治ブロックと臣民の幅広い同意を特徴とする権威主義的な転回を見せた。日本のファシズムは一九二五年の悪名高きチアンイジホウをもって始まるとみなせるだろう。これは公共の秩序を守るための法律であり、法治国家では警察や司法官、さらには官僚に、コントロールの対象にたいする広範囲な権限を与えるものであると思われる。くだんの法律はすべての日本人にコクタイ、すなわち国のシステムを守る義務（その曖昧さゆえにあらゆる越権行為を可能にする）を課して《思想犯罪》を導きだし、事実上、すべての国民を潜在的被疑者に変えるのである」

「一九二五年から一九四一年のあいだに、コクタイにとって危険な個人および組織、とくに生まれつつある労働運動や反体制の知識人が攻撃されたり有罪になったりした。〔……〕日本にとって第二次世界大戦は一九三一年の満洲侵略をもって始まり、その後国際連盟脱退、日中戦争、ヴェトナム占領、真珠湾奇襲とつづき、ナチスとファシスト・イタリアとの同盟の政治および軍事両面に活気を与えた」

歴史学者の丸山眞男は、政府・軍部の上層部に発する上からのファシズムと、民衆による下からのそれとの二つのファシズムを唱えている。それは反リベラル、反ボルシェビズム、反議会主義の運動であり、強力なナショナリズムであり、拡張主義政策を標榜した。アレッサンドロ・ロ・ピッコロが『日本のファシズム』で述べている。「彼らは、自分たちは世界制覇のための聖なる委託を受けた者であるとみなしていた。自分たちは他のあらゆるアジア民族の上位にある民族だと自任していた。〔……〕軍隊がこの国の最高の権威になった。議会が安定した制度を保証していないと糾弾した。多くの者が露骨に議会を廃止して軍事政権をしくことを求めた。〔……〕一九三一年末、荒木貞夫陸相をトップに《皇道派》が形成される。〔……〕三二年五月一五日には海軍将校たちが犬養首相を殺害、さらに、政府官邸、政党本部、三菱銀行本社などを爆弾攻撃。〔……〕将校たちは桜会という秘密結社を結成し、血盟団という過激な運動と結託して犬養毅首相の暗殺を企てたのだ。驚くのは、ちょうど来日中だったアメリカの俳優チャーリー・チャップリンも殺して対アメリカの戦争を誘発しようという計画もあったことだ。チャップリンはその日宿泊先のホテルではなく首相官邸に行こうとしたが、首相の息子が相撲見物を提案したので出かけていたのである」

引用ばかりで申し訳ないけれども、わたしの記憶は小さい女の子のそれで、歴史的な自覚はなかった。あとになってからようやく、本を読んだり調べたりして、あのころ日本と世界で何が起こっていたかを理解した。そしてどのようにしてかくも広範なファシズムの拡散に到達したのかということも。いまわたしが危惧するのは、波間をゆれ動いているような現在の《歴史》のなかに当時の要素が多く見いだされることである。

「三六年、青年将校のグループが左翼の諸政党や出版の自由を停止させ、軍国主義を拡大させつづけるために軍事独裁政権を樹立しようというクーデタを計画した。二月二六日、反乱軍兵士たちは政府庁舎を占拠し、暗殺対象の数名の政治家の居室にはいった。首相と天皇の侍従長は死をまぬがれたが、内大臣斎藤は殺された。〔……〕反乱は四日間つづいた。天皇はこのときをきわめてエネルギッシュに対処した。部隊は兵舎に退散し、一七名の将校が処刑された」

「日本のファシズムのイデオロギーはブシドウ、すなわちサムライの倫理規範に依拠している」とアレッサンドロ・ロ・ピッコロは言う。「そこに素性だけでなく精神にも根ざす軍人の形成が凝縮されている。それはまさにその在り方、つまりヒロイズムと力から成る戦士の在り方である。ブシドウとは禅の秘教的学説を模した自己の思考の支配の方法である。武器とジュウジュツのような格闘テクニックを駆使する技量が精神の形成に不可欠なのだ。さらにサムライの名誉規範では、彼の属する家族内にもいかなる汚点もあってはならない。もうひとつの基本的原則は降伏した敵にたいする徹底した軽蔑である。それがまさに日出づる国の兵士たちに敵にたいする残虐な扱いをさせるのである。また戦闘において降伏を受けいれるのは不名誉と考えられた」

24

戦後のシチーリアで最初に住んだのは、ポルティチェッロの、まだ汚染も荒廃もしていない海のすぐそばのこぢんまりした家で、それからバゲリーアに移った。海に行って、海岸の切り立つ岩場にいるカサガイを採った。家に電気はなかった。夜は石油ランプをつけた。水はあったけれど、井戸から汲み上げるのだった。新鮮な魚を食べた、上等な魚は冷蔵トラックでミラーノに送られるので、雑魚だけだったけれど。

その代わり、庭にはにおいのいい花が咲く木がいっぱいあった。電話をかけるには電話局のセンターまで行って行列をつくって待ち、よく聞こえず、五分ごとに通話が途切れる受話器にむかって叫ばなくてはならなかった。車は少ししか走っていなかった。わたしたちには手が届かなかった。その代わり、父の自転車があり、わたしはそれに乗って、海への坂道を駆け抜けた。いちど乗ったが最後、飛び降りないかぎり降りられないこともあった。なんど転倒して、脚を擦りむき、手が傷だらけになったことだろう。でも平気だった。自分でも知らないうちに収容所で苦痛にたいする抵抗力が育っていた。解放のあと、東京でつけた膝の傷はようやく治って、いまやわたしは平和なときの傷はさほど長くつづかないことがわかった。絆創膏を貼るだけで二、三日で治った。

妹たちと黒い岩に打ちつける波に飛びこんで遊んだ。海水の白い渦巻きを飛び散らす大波に挑むのが三人とも大得意だった。逆巻く怒濤が砕ける瞬間に飛びこまなくてはならない。それが、飛びこんだあとに、ほかの場所に抜け出る最適の瞬間なのだ。びしょ濡れ塩まみれになるけれど、自分がちょっとばかり魚になったような、小鳥になったような気分で、身体を自由に、敏捷に動かして水に飛びこんでは出られる、それはなんという喜びだったろう。

自由の味はかけがえのないものだった。そして生命と太陽に恋する肉体を回復させるエネルギーがもどった。収容所のことは忘れよう！　飢えも、痛みも、苦しみも、なすのような心臓も忘れよう！　とわたしたちは言いあった。でもいつもなにかがわたしたちをその記憶につれもどした。だれよりもそのことで苦しんだ妹のユキは、とつぜんジフテリアにかかった。母は昼も夜もつきっきりで看病した。妹は高熱を出して、薬を飲んでも、母がせっせと冷たい布を代えてやっても、熱は下がらなかった。わたしたちは窓越しに彼女を見ていた。蒼い顔をして、ヒューヒュー息をしていた、かわいそうなユキーナ。わたしとトーニは治療と食べもので栄養失調を克服できたけれど、ユキはかつて受けた苦痛をこえられなかった。

そのころの家はもうポルティチェッロでなくなっていた。家賃が高すぎて、バゲリーアのソーニア祖母の家に引っ越さなくてはならなかったのだ。祖母は、屋根は低いけれど庭に出るのがとても楽しい、養鶏場を改造した小さなアパートを提供してくれた。父は、この公爵夫人がベッドわきに猟銃を置いて寝るのでこわがっていたが、ある晩、少し外の空気を吸おうと外に出ると、泥棒とまちがえられて銃口を向けられた。

ちゃんとした歯医者に診てもらうお金はなかった。麻酔なしでペンチで虫歯を抜かれ、口が血まみれになったことをおぼえている。十回も底を張り替えた靴、寸法に合わせて縫い直した祖父のコートなどをおぼえている。ほころびた指先を切りそろえた手袋もおぼえている。つまり、相変わらず貧しさに苦しめられていたのだが、平気だった。収容所に比べたら、自由と結びついた貧しさは大きな戦利品で、わたしは家に一台きりの、降りるには跳ぶしかない自転車に乗ってむちゃくちゃに走りまわり、自由を楽しんだ。足がやっとペダルに届くので、つま先でそれを漕いだ。

妹のユキとトーニといっしょにいつもすばらしいことが起こる未来計画を立てて遊んだ。ゆらゆら揺れる海藻や泳ぎまわる魚を見られる大きなガラス張りの海底の家を想像した。ドアから外に出られてタコやイカと仲良くなれるのだった。

いちばん年上のわたしには友だちがふたりいた。リーナとレーナで、村の肉屋の子だった。わたしと同い年だった。いっしょに桑の実を採りに行った。あるとき、彼女たちが地下室で羊の処理をしている父親に会わせたいと言った。わたしは男に両脚ではさまれて体をばたつかせ、声をかぎりに啼く羊が殺されるのに立ち会った。男は血がブリキの容器にゆっくり濃く流れ落ちるようにしてその喉をかき切った。羊は口を大きくあけてまだ身体をばたつかせていたが、口からはもうなんの音もしなかった。目玉が眼窩から飛び出ていた。それからがっくり頭をたれて屈し、そのあいだにも血はしたたりつづけ、羊は最後に赤い小さな舌を出した、まるで自分を殺した者にあかんべーをしたみたいだった。

その日以来わたしは肉を食べるのがいやになった。自分に栄養をつけるためにこんな恐ろしい苦しみを押しつけなくてはならないのなら、食べないほうがましだった。それに、その羊のそばに、母親なのか姉妹なのかわからないが、もう一匹の羊がいたのだ。だれも遠ざけてやらなかったので、わたしはそのかわいそうな羊が目に涙を浮かべ、口をすぼめて、恐怖と憐れみに引き裂かれているのを見てしまった。自分たちが動物に強いているすべての苦しみを思い、胸が張り裂けそうだった。

その後、残念ながら、たんぱく質不足に陥り、肉を食べることを強いられた。罪悪感にとらわれたが、肉を食べた。だがそれから数年たって、大人になったので、肉を絶つ決心をした。わたしのために決断してくれるお医者はいなかった。わたしは羊が殺されたあの日に立てた約束を果たして、二度と肉を食べないことを守りたかったのだろう。それは守られた。それでも貧血や、収容されていたころあれほどわたしの健康を左右した脚気にもならなかった。

喉をかき切られたあの羊は名づけようのない暴力のイメージとしてわたしの記憶にとどまっている。

「それがふつうなのだ、ずっとこうだったんだよ」と主任司祭は元気づけるように言った。「より強いほうが弱い者を食べるのだ」

「でもそれは猛獣のすることでしょ」。わたしは反論した。「わたしたちは猛獣とちがうっていつもおっしゃってるじゃありませんか？」

「わたしたちは世界を支配するように創造されたのだ。人間は神に創られたすぐれた存在なのだよ」

「それなら動物はだれに創られたのですか？」。わたしは自分の子どもっぽいしつこさを少し恥じながら訊ねた。

「動物も神が創造したけれど、人間の役に立つようにだ」

「番犬とか馬車を曳く馬みたいに？」

「そう、そのとおり」

「でも役に立つって、自分の肉を持ち主に与えるために喉をかき切られることもそうなんですか？」

「そう、それも役に立つことなんだよ」

「つまり、わたしたちも仔羊を食べる狼と同じことをしているんですか？」

司祭はわたしの生意気ぶりに微笑んで最後にはわたしの頭を軽くたたいた。「食べなさい、いい子だから。さもないと収容所にいたころみたいに痩せて髪の毛が抜けるよ」

わたしは肉を食べるのをやめたけれど、髪の毛は抜けなかった。

25

フォスコとトパーツィアは故国への復帰の段取りをこなしていった。少女ダーチャにとっては必ずしも心地よくも楽しくもない未知の水に飛びこむようなことだった。まずはイタリア語。それは外国語のように、身体をとおしてではなく抽象的に身につけた言語だった。自分は家族の過去を知り、その未来をつくるためにイタリアに来たけれど、祖国の風習や習慣をほとんど知らない日本の少女だと思っていた。

シチーリアのことからはじめてみても、胸をかきむしるような美しさや迫りくる山々、妄想的なほど壮大なバロック、その食べ物、そのにおい。でもまたその厳しさ、その女性蔑視、マフィアの横暴、残酷な伝統。このふたつの経験をどう和解させたらよいのだろう？

わたしは若者を暴動や自虐行為に向かわせる反抗心で対応することもできただろう。だがわたしは本と音楽を選んだ。朝から晩まで本を読み、しょっちゅう止まる古い蓄音機で音楽を聴いた。

それはわたしにとって新しい地中海文化へ導いてくれた予言者シビュレ——だった。好きなのはモーツァルトとヴェルディ。まったくちがうと思われるけれど、わたしには一方はヨーロッパ精神の気まぐれでこの上もなく知的な明るさを、一方は因習に挑戦する庶民の熱っぽい情念を形成する音楽だ。さらに、やさしいヴェルディが、悪人ではないけれど、支配するという自分の役割のなかで身動きできない男の世界で、女であることの苦しみと困難を歌にできる数少ない作曲家のひとりであることがわかった。

シンガー・ソングライターの音楽は、のちにとくにジュゼッペ・モレッティを知って、愛するようになったときに知った。彼は俳優であり、音楽家で、ルーチョ・ダッラやオルネッラ・ヴァノーニ、デ・アンドレ、フィオレッラ・マンノイアなどを聴くことを教えてくれた。

幸い家にはくだらない本はなくて、イタリア語や、父がイギリス人の血を引いているので英語の古典しかなく、ジェーン・オースティンやエミリー・ディキンソンを読んで好きになった。でもそれは大旅行家でリュックを背に世界漫遊に出て、家に帰ってては小説を書いていた祖母ヨーイの思い出のおかげでもある。

最初の読書はイギリスとアメリカの古典だった。ヘスター・プリン（ホーソンの『緋文字』）やフィッツ・ダーシーとエリザベス・ベネット（オースティンの『高慢と偏見』）、オリヴァー・ツィスト、モル・フランダーズなどの、冒険や生きる喜びを待ちかまえているすばらしい登場人物たちとすばらしい、官能的な時間を過ごした。

それからフランス人の作家。ある夏のヴァカンスに、バルザックの本を三〇冊、一冊一冊つぎつぎと、自分でも驚くほど貪欲に読んだ記憶がある。踊るのは大好きだったけれど、読書に専念するために、同世代の仲間とハイキングやダンスに行くのをしょっちゅう断わった。それにわたしはいつも睡眠時間が短く、夜こそ何時間もの読書時間で、ときには、フィレンツェの寄宿舎にいたときのように、寝具の下に小さな懐中電灯を隠して読んだりもした。

フランスの作家と同時にロシアの作家にも出会い、とくにゴーゴリが好きになった。それからプーシキンやエセーニン、マヤコフスキー、アフマートワ、ツヴェターエワなどをいくつかの翻訳を見比べながら読んだ。

学校でも、しょっちゅう退屈していたので、こっそり本を読んでいた。意地悪な学校での時間をギリシャ悲劇を読んで過ごし、いつもアンティゴネーやイーピゲネイアやアルケースティスにあこがれ、それから歴史書。なによりも何度も読み返しいまでも楽しく読んでいるヘシオドス全集。そして枕元においてあるオウィディウスをはじめプラトン、アリストテレス、聖アウグスティヌス、聖フランチェスコについては何を言ったらよいだろうか。

やっと後になって、自分が愛読してその甘い汁を吸っていた書き手たちがいかに女ぎらいであったかがわかった。明らかに彼らはそれを意識せず、無邪気に彼らの時代を表現したのだが、それでもその数が多く、たとえばボヴァリー夫人にたいするフローベールの、彼から見て知性と創造性が劣るとみなされた女性にたいする聖アウグスティヌスの、自作のヒロインにたいするまったく容赦のない書き方にはしばしば驚かされてしまう。

本は感受性、価値そして知識を介してわたしをヨーロッパ人にし、言語をとおしてイタリア人にした。日本は、最初のころの幸福な経験とともに、そしてその後の戦争と強制収容所の恐ろしさとともに深いところに残っている。わたしの死を望んだ国を憎んでいるはずだと多くの人が言うけれど、そうではない。わたしは日本と日本人を愛している、なぜならば収容所にいたあいだにも、ふつうの人たちの親切、寛大さ、連帯感を知ったから。警官たちのサディズムと狂気の国家主義、人種的偏見による軽蔑に苦しめられはしたけれども。

われわれはキリスト教徒でないとは言えない、とクローチェは明言する〔「訳者あとがき」参照〕。それにつけ加えてわたしは言いたい、フランス、スペイン、イギリスがつねに戦争をしてきたにもかかわらず、その起源や精神のあり方、類似性と近隣性ゆえに、われわれはヨーロッパ人でないとは言えないと。だが共有する利益や価値という理念が優勢でないとき、きょうだいはどのような戦争をするのだろうか。現在はおそらくわたしたちを分断するものよりもわたしたちを結びつけるもののほうが多くあり、自分たちの国境に尊大に閉じこもっている小さな国々がおたがいに同盟を結ばなければ、より大きな国々に食いつぶされるということをわたしたちは理解するところまでたどり着いたようだ。残念ながら、その反動として、それぞれ対立する武装小国家という考えにわたしたちをつれもどそうとする古めかしい勢力が存在し、力を強めているけれども。それは歴史の流れに逆行する考えであり、平和な共生に必要な進化と変化に反する多くの感情や多くの主張が消滅するように、最後には力尽きて消滅するだろう。

ダーチャ・マライーニ

訳者あとがき

ローマ、第二次世界大戦末期。少女が海辺に立っている。アンナ、一一歳。ヴァカンスで、寄宿舎から父親の家に帰ってきた。自分をつかみきれず、修道女たちに外は地獄と教えこまれた少女はつぶやく。わたしはいま外の世界にいる。だから世界のことをすべて知りたい、なんでもいっぱい食べて。そして誘われるままに男についてゆく。世界を知ることを、いっぱい食べるという言い方するのは、ダーチャ・マライーニの小説第一作『バカンス』の主人公だ。この少女こそ、日本の強制収容所で戦争を生き抜き、焼け跡に立ちつくすダーチャにほかならない。

ほぼ八〇年後、作家はずっと書けないでいた体験に真正面から向きあい、本書『わたしの人生』を書いた。「わたしの人生」に呼びかける詩のあとに語りだす、「すべてはあの朝に始まった」と。だがそのまえに、父と母、ふたつのノーが発せられたことから物語は始まっていた。

彼女は二歳で日本に来た。北海道帝国大学でアイヌ文化を研究する父と母と札幌で、生涯でもっとも幸せだったと言う日々を過ごした。その後京都に移り、日本の文化をたっぷり吸収していた一家は、一九四三年、運命の急転に見舞われる。イタリアが連合国軍に降伏したために、日本政府は在留イタリア人にドイツの傀儡ファシスト政権サロー共和国への忠誠を問い、父フォスコと母トパーツィアはそれぞれノーと答えた。一家は敵国人として名古屋市郊外天白(てんぱく)村の民間人抑留所に送られることになった。冒頭の文章はその出発の朝のことである。

両親のノーは苛酷な収容所生活のあいだにも発せられ、同じくノーと答えた収容者たちもたびたび発することになる。母は三人の娘たちを孤児院にという提案をきっぱり拒否して、いっしょに収容所につれて行った。またあまりの飢えに抗議してハンガーストライキをしたとき、トパーツィアは食べるようにと仲間に言われたが、それも拒否した。そして本書には記されていないが、収容者のストライキという不祥事の責任が自分たちに及ぶのを恐れた警官たちが自前でスキヤキを用意して食べさせようとしたのにも、全員がノーを返した。こうして収容者たちは人間としての尊厳を守り、自由という最大の価値を保つために闘ったのだ。

七歳から九歳まで、育ち盛りの少女はすさまじい飢えを体験した。日本政府が支給する食料を警官が横取りしたために、仲間全員が極度の飢えと栄養不足から衰弱し、脚気や壊血病、心臓肥大、頻尿などを発症した。警官たちの残飯を漁り、野草を探し、蛇や蛙を捕まえて子どもたちにも食べさせた。そして父フォスコは、イタリア人は裏切り者だ、と罵倒した軍人にノーをつきつけて、ユビキリという衝撃的な行為で抗した。

ずっと書けないでいたつらい体験を、なぜいま書く決意をしたのか。その問いにたいする答えは、図らずもイタリアでの本書の刊行後に彼女の来日が実現し、各地で行った講演やインタビューで明らかになった。

彼女は幾度か来日しているが、一九八二年に、アルベルト・モラーヴィアと来たときに私ははじめて彼女に会った。急いで数冊の彼女の本を読んで雑誌『海』に対談の記事を書いた。その後、『メアリー・ステュアート』が宮本亜門演出で上演されたときに彼女も来日し、フェミニズム作家として、かなりのマスコミにとりあげられ、瀬戸内寂聴さんとの対談や、『現代詩ラ・メール』誌の新川和江さんや吉原幸子さんとの交流もはたした。そして晶文社におられた須貝利恵子さんが《マライーニ・コレクション》全四冊の刊行を提案なさったのだ。こうしてマライーニと私の共同作業は途切れたり復活したりして続き、新作が出るたびに彼女や出版社からPDFが送られてきていたが、その後、日本での出版は思うようには実現しなかった。私は彼女や彼女の父と妹の著書、母トパーツィアのノートなどを下地に、二〇一五年に『ダーチャと日本の強制収容所』を出版した。その「あとがき」に私は、「彼女が書けないでいるという《もうひとつの物語》に私は追いつけなかったのではないだろうか」と書いている。

本書は昨年一〇月の刊行以前にPDFが送られてきていた。そこへ天白の抑留所のあとに全収容者が移され、フォスコのお墓がある愛知県豊田市の廣済寺のご住職から、札幌の「宮澤・レーン事件を考える会」がダーチャさんに来日もしくはビデオメッセージをお願いしたいので連絡してほしいという電話が私のもとにかかってきた。

「宮澤・レーン事件」とは、太平洋戦争勃発の日、北海道帝国大学の英語教師のレーン夫妻と学生の宮澤弘幸などがスパイ容疑で検挙された冤罪事件である。北大は彼らを助けず、「考える会」の、キャンパス内の外国人教師官舎跡に事件の案内板とモニュメントを設置してほしいという要望を今も拒否しつづけている。宮澤は一家の親しい友人だった。宮澤を知るダーチャに総長との面談が望まれた。彼女はすぐに、日本に行く、と返信してきた。

来日は札幌が一番いい季節と現地の人たちの言う六月に決り、六月一一日から一〇日間、彼女は過密なスケジュールをこなした。東京の宮澤家菩提寺での墓参と交流会、スピーチと記者会見、イタリア文化会館でのフォスコ・マライーニ賞授賞式のスピーチとパーティ、廣済寺での、仲よしだった啓子さんとの再会と記者会見、北大での講演会とジェンダーをテーマにしたシンポジューム、そして来日の主眼である北大副総長との面談。「宮澤・レーン事件」の話題は禁止、マスコミ遮断、一五分と事前に通告されたが、当日彼女は「考える会」の長年の要望をしっかり申し入れてくれた。

実は彼女は来日直前に足の指の手術をして、医師に長旅を禁止され、ヨーロッパ内での仕事をすべてキャンセルしたが、日本には必ず行くと言ってくれていた。松葉杖で歩いていると言うメールに、空港では車椅子も用意された。だが彼女は自分で歩いてきた。八七歳の高齢の彼女がそこまでして来日した理由はどこにあるのか？　それは先述の、なぜいま本書を書いたのか？　とともに、多くの新聞記者や聴講者、そして主催者側から出された質問でもあった。

ダーチャは答える。日本は自分にとって特別の国であり、自分のアイデンティティーに深くかかわっている。二歳で日本に来た青い目で金髪の女の子は日本ですくすく育っていた。たちまち日本の女の子になり、日本語を話し、キモノを着て、長時間正座もできた。どこへ行ってもかわいいと言われる、元気な女の子だった。だがあるときから、ちがいに気づくようになる。そのちがいの意識を決定的にしたのが、抑留所だったろうと筆者は考える。

あの元気な女の子は死んだとも彼女は言う。食べるものがなく、やせ細った少女は、自分たちが虐げられるのは日本人とちがうからだと理解する。母は彼女に英語やイタリア語を教え、イタリア人としてのアイデンティティーを育もうとした。父を、母を愛し、自分たちを孤児院に預けないでいっしょに暮らすことを選んでくれた両親とともに、虱（しらみ）や蚤だらけの毛布にくるまって寝ても、お腹が空いて眠れないまま、少女は日本と自分の関係の同質性と異質性に引き裂かれていたはずだ。そして戦後、生まれた国であるイタリアに帰国してからはさらに、自分たちが異常な体験をしてきた家族であり、自分はイタリア語、しかも当初は母の実家に身を寄せたために、シチーリア語を話せないことなど、まさしくアイデンティティーを揺るがされる現実に直面した。くわえて、幼い肉体にむけられる男たちの視線。このときの少女の心境はまさしく、『バカンス』のアンナのそれであっただろう。ここから、アンナと同じように、収容所という牢獄を出たばかりのダーチャは、戦後イタリアの荒廃のなかで生きることをはじめなければならなかったのであろう。

今回、抑留所での体験を語りながら彼女がしばしばくり返したことのひとつが、つらい体験だったが、多くのことを学んだということだった。そしてそれは幸福なことだったと。警官たちは横暴だったが、農家の人たちは親切だった。絶対的権力をもつ者はサディズムを振りかざすこと、極限状態にあって悪をなす者と善をなす者がいるということを学んだ。理不尽な虐待を受けながらも日本が好きで、日本での生活をたいせつに心の奥深く保っているのは、自分たちに心を寄せてくれた農家や、周囲にいたふつうの人たちのおかげだと言う。また、両親がファシズムへの忠誠を拒否し、子どもたちの苦難を案じながらも収容所に同行させた決断を尊敬し、感謝する。おかげで、牢獄はひらかれた学校にもなった。教科書も本もなかったが、博識な父との対話、母の毎夜のお話のほかに、教養あるイタリア人との生活から、多くの知識やたいせつなことを学んだ。すべてを議論と採決という民主的な方法で決め、各自の尊厳を尊重しつつ全体のために連帯することなどを学んだ。その連帯こそ、生きのびるための最高の、唯一の方法だったのだ。

恐ろしい牢獄にいた少女「わたし」は本書で、どんなにお腹が空いていたか、空襲や大地震がどんなに怖かったかを語る。どんなにお腹が空いても、妹たちのように、おなかが空いた！　と泣かない、臭いがいやな大根を呑み込むとき、勝手に涙が流れた以外は。ダーチャは妹たちのように小さくないし、ほかの収容者たちのような大人でもない。ここでも彼女は大人と子どものあいだで引き裂かれている。牢獄には「わたし」と「わたしたち」がいる。「わたしたち」は、ときには「わたし」と二人の妹たち、ときには「わたし」の家族、ときには牢獄のイタリア人全員だ。「わたしたち」は、子ども以外、家族以外、収容者以外、そしてイタリア人以外に対峙する。そしてそこにもうひとりの「わたし」がいる。この本を書き、来日してこの本について語った作者である。この「わたし」が七歳から九歳の「わたし」を作品のなかに投げこんで、ふたたび飢えと恐怖の体験を、そしてさらに、家族がひとつになって、多くを学んだ、幸福だったとも言える牢獄の体験をさせ、その少女の目で見た世界をわたしたちに差し出すのだ、アンナを戦後のローマに投げこんだように。それゆえお腹を空かせた少女ダーチャと作家のダーチャは、作品のなかにいると同時に作品の外にいるのである。

彼女は、過去の記憶を未来に生かすべきだ、と言う。これが、なぜいまこの本を書いたのか、という質問にたいする答えであろう。札幌の、ペチカのあった家での生活は楽しかったが、それはもうない。元気だった女の子がいないように。だが今回訪れてみると、大きな木が残っていた。それらの木のおかげで記憶がたちかえってきた。忘れられない記憶をことばにし、後世に伝えるのが作家としての義務だと言う。とくにいま、世界中で戦争がつづき、しかも現代の戦争では軍人よりも民間人が、とくに老人や子どもたちが犠牲になっているときにこそ。

彼女はかつて、収容所のことを書こうとすると、顔のない男があらわれ、息苦しくなり、羞恥心に襲われた、と言っていた。だがいま、恐ろしい体験のことなど心の奥底にしまっておけという自己防衛の声以上に執拗に、話して、思い出して証言してと、女の子の声が迫ってきた。札幌の家も天白の抑留所も、近所の子どもたちがバタバタ走りまわっていた京都の家ももうない。国際ペン大会で来日したときに、戦後はじめて食べた柏餅を見つけた東京の路地のお菓子屋もなく、今回訪れた名古屋の駅前は東京以上に高層ビルがひしめきあっている。だがそこに立ってみると、かつての光景がやってきた。でも自分がいなくなったあとは？　作家はこうして記憶をことばにする。自分の書いたものを後から来る人びとが読んでくれるように。戦争の恐ろしさ、戦争がいかに人間を残虐にし、理不尽な行動をさせるものか、それが若い人たちに伝わるように。

いまなお身体に刻まれている飢えの記憶とそれを想起することによって生じる痛みを作家は言語化した。遠い記憶のなかでの史実や日本に関する記述のあきらかな間違いや思い違いは、彼女の同意のうえ、私の責任において訂正した。広島と長崎で被爆した死者の数や犬養首相が殺された五・一五事件の記述、乳母の名前など、原書ではイタリック体で表記されている日本語その他である。ほかに日本の神話や文化、文学作品についての感想や昭和天皇の玉音放送の解釈その他、作者の主観、記憶によるものはそのままにしておいた。農家でお蚕の世話をしたお礼にもらった食べ物や、赤十字社などの視察日の特別のごちそうのメニューの記述や日常生活のこまごまとした描写なども、彼女の他の著書や父の記述と符合しないところもあるが、それらもそのままにした。また、本文最終ページのイタリアの哲学者・歴史学者クローチェのことばは、一九四二年に「クリティカ」誌に発表された論考からの引用である。「キリスト教は人類が完遂した最大の革命であり、われわれはその魅力ある責務を引き受けなければならない」という主旨である。クローチェは、カトリックのドグマではない「キリストの愛」による反ナチズムの連帯を呼びかけたが、マライーニはドイツをふくむ、分裂しかけているヨーロッパに警告を発しているのだ。

日本を扱った彼女の自伝的な作品には、大型客船で日本に着き、収容所に入るまでの札幌での生活を書いた『La nave per Kobe（神戸への船）』、帰国後のシチーリアでの生活を綴った『帰郷シチーリアへ』がある。この『わたしの人生』で、中心がすっぽり抜けていた「小さなダーチャ三部作」が完結したと言えるだろう。

三〇年まえに晶文社から《マライーニ・コレクション》を出してくださった新潮社の須貝利恵子さん、今回担当して、いろいろ調べ物をしてくださった川上祥子さん、そして、史実や資料の確認など、丁寧に、厳密に手を入れてくださった校閲の井上孝夫さん、石川芳立さんのおかげで、長いあいだ待たれていた《もうひとつの物語》を世に送り出すことができた。心からお礼を申し上げます。

二〇二四年十月二十二日

望月紀子

参考文献

Ruth Benedict, *Il crisantemo e la spada*, Edizioni Dedalo, Bari, 1968.（邦訳　ルース・ベネディクト『菊と刀』長谷川松治訳　社会思想社　一九七二年）

La protesta poetica del Giappone: Antologia di centanni [sic] di poesia giapponese, Dacia Maraini e Michiko Nojiri, Officina, Roma, 1968.（ダーチャ・マライーニ、野尻命子編『日本の詩の抗議：日本の詩百年のアンソロジー』）

Alessandro Lo Piccolo, *Il fascismo giapponese*, https://www.storico.org/sud_est_asiatico/fascismo_giapponese.html（アレッサンドロ・ロ・ピッコロ『日本のファシズム』）

Fosco Maraini, *Case, amori, universi*, Mondadori, Milano, 1999.（フォスコ・マライーニ『家、愛、宇宙』）

Fosco Maraini, *Gnòsi delle Fànfole*, Baldini & Castoldi, Milano, 1994.（フォスコ・マライーニ『ファンフォレのグノーシス』）

Fosco Maraini, *Ore giapponesi*, Leonardo da Vinci, Bari, 1957.（邦訳　フォスコ・マライーニ『随筆日本―イタリア人の見た昭和の日本』岡田温司監訳　松籟社　二〇〇九年）

Toni Maraini, *Ricordi d'arte e prigionia di Topazia Alliata*, Sellerio, Palermo, 2003.（トーニ・マライーニ『トパーツィア・アッリアータの芸術と監禁の記録』）

カバー写真は、一九四五年、名古屋市街で、焼け跡を背に、
九歳の著者を父フォスコ・マライーニが撮影したものです。

Questo libro è stato tradotto grazie ad un contributo per la traduzione assegnato dal Ministero degli Affari Esteri e della Cooperazione Internazionale italiano.

この本はイタリア外務・国際協力省の翻訳助成金を受けて翻訳されたものです。

Vita Mia

Dacia Maraini

わたしの人生

著者

ダーチャ・マライーニ

訳者

望月紀子

発行

2024年11月30日

発行者　佐藤隆信

発行所　株式会社新潮社

〒162-8711 東京都新宿区矢来町71

電話 編集部 03-3266-5411

読者係 03-3266-5111

https://www.shinchosha.co.jp

印刷所

株式会社精興社

製本所

大口製本印刷株式会社

乱丁・落丁本は、ご面倒ですが小社読者係宛お送り下さい。
送料小社負担にてお取替えいたします。
価格はカバーに表示してあります。

ISBN978-4-10-590197-4 C0398

ルクレツィアの肖像

The Marriage Portrait
Maggie O'Farrell

マギー・オファーレル
小竹由美子訳

夫は、今夜私を殺そうとしているのだろうか――。
ルネサンス期に実在したメディチ家の娘の運命を
力強く羽ばたかせる、イギリス文学史に残る傑作小説。

帰れない山

Le otto montagne
Paolo Cognetti

パオロ・コニェッティ
関口英子訳

山がすべてを教えてくれた。

北イタリアのアルプス山麓を舞台に、本当の居場所を求めて彷徨う二人の男の葛藤と友情を描く。

世界39言語に翻訳されている国際的ベストセラー。

CREST BOOKS

山小屋の生活
フォンターネ

Il ragazzo selvatico
Quaderno di montagna
Paolo Cognetti

パオロ・コニェッティ
関口英子訳

30歳になった僕は何もかもが枯渇してしまい、
アルプスの山小屋に籠った――。
世界的ベストセラー『帰れない山』の著者が、
原点となった山小屋での生活の美しさを綴る体験録。

わたしのいるところ

Dove mi trovo
Jhumpa Lahiri

ジュンパ・ラヒリ
中嶋浩郎訳

通りで、本屋で、バールで、仕事場で……。
ローマと思しき町に暮らす独身女性の
なじみの場所にちりばめられた孤独、彼女の
旅立ちの物語。ラヒリのイタリア語初長篇。

両方になる

How to Be Both
Ali Smith

アリ・スミス
木原善彦訳

十五世紀イタリアに生きたルネサンスの画家と、
母を失ったばかりの二十一世紀のイギリスの少女。
二人の物語は時空を超えて響き合い、再読すると――。
かつてない楽しさと驚きに満ちた長篇小説。

CREST BOOKS